天国から来た人々

仲村　高

明窓出版

目次

彼は長く遠い旅をしている。恋い焦がれた遙かなる地を目指して。

「あなた、気をつけて……。私も後で行くわ」

夫の旅立ちに妻は鼻筋の通った美しい顔を曇らせた。しばしの別れを惜しむ妻との抱擁を彼は思いだしていた。

どれくらいの時が経ったのだろう、果たして彼は目的の門をくぐりぬけた。

そして、祝福と困難が訪れる……。

告知

「奥様、たいへん残念ですが、ご主人は末期の肺ガンです」

恵理子はその瞬間、急激に息を吸い込んだ。髪の生え際が頭全体に冷たくなって髪の毛が逆立つ感覚に襲われるとともに、手足から力が抜けていくのがわかった。体が熱いのか冷たいのかわからないが、額から汗が吹き出る。

恵理子は息を吐けないまま次の医師の言葉を待った。

「今の状況ですとガン細胞は左右の肺全体に拡がっているために、手術をすることはできません。今後は抗ガン剤の投与で治療していくことになります。点滴と」

担当医師である村上の説明は、これが彼のキャラクターのせいなのか淡々と機械的に進められていく。まだ三十代という若さもあろうが、末期患者の身内に対する態度としてはあまりにも冷たさを感じる。

恵理子の頭は混乱し細かい内容は入ってこない。考えることはただ一点だ。

「あのっ、先生……。主人は、主人はあとどれくらい……」

説明の脈絡など考えもせず、恵理子は吐息に乗せて声を発した。

話を遮られた村上は体を一旦引くと、一呼吸おいて言った。

「この病状ですと平均的な余命は、五ヶ月です」

「ご……」

とだけ言って恵理子は絶句した。足が震えている。

「ただこれはあくまで平均でして、なかには五年から十年以上生きられる方もいます」

「治るんでしょうか」

とっさに恵理子はすがるような表情で村上に問うた。

こういった場面に慣れない若い医師は、一瞬眉をひそめて言った。

「この診断内容ですと、非常に難しいと言わざるを得ません」

恵理子は固まってしまった。手足の指先から心臓に向かって急激に体が冷やされ、全く身動きがとれない。しかし心臓にだけは逆に体中の血液が集結したかのように、普段の何十倍もの鼓動を刻んでいる。

しばらくして村上は恵理子の瞳が動くのを確認してから話を続けた。

「ご主人には告知いたしますか？」

「それはやめてください」

恵理子は固まっていたにも拘わらず、条件反射のように間髪いれず答えた。

――神経質なあの人はこの現実にとても耐えられない。これを知ってしまったら、あの人は……、いったいどうなってしまうのか。

恵理子は夫が半狂乱になってしまうようなイメージを抱き、その恐怖が頭の中を駆け巡っている。

「治療のためにはご本人には知っていてもらったほうがよろしいのですが……。やはり日本ではまだ奥さんのようにご家族が反対されるパターンが多いようです」

恵理子はこの言葉に吸い込まれるように繰り返した。

「隠し……通してください。あの人は……とても……」

あとは言葉にならない。そしてこの時はじめて涙が溢れ、そのまま泣き伏してしまった。後ろにいたベテラン看護婦の鈴木泰子は、そっと恵理子の背中を抱きかかえて耳元で言った。

「私たちが全力を尽くしてご主人の治療にあたります。奥さん、一緒にがんばりましょう」

ようやく自分に向けられた労りのこの言葉が恵理子の涙を倍加させた。

鈴木は恵理子が落ち着くのをしばらく待ってから、夫のいる病室へと導いた。

夫は眠っていた。今日は胸に溜まった水を取ったりハードな検査を受けたりで疲れたのだろう。

恵理子にはそこに寝ている夫の姿が、昨日より痩せこけて小さく見えた。誰かにそのまま奪い取っていかれそうに危うく頼りなげな存在に感じる。。

——この人が……、まさか……。

恵理子は夫の寝顔と末期ガンという現実を繋げるのが怖くなって、逃げるように病院を飛び出した。

高校2年生であるひとり息子の順一郎は、レトルトカレーの夕食を済ませると居間に寝ころんでプロ野球のナイター中継を見ていた。

4回裏、巨人の松井が先制二塁打を放った。

「うぉっ！　やった！」

喜んで飛び起きた拍子に、傍らにあったオレンジジュースを畳にぶちまけてしまった。反射的に隣の台所へ雑巾を取りに走った時、

「ただいま……」

と、声ともため息ともつかない音とともに恵理子が帰ってきた。そして玄関を上がりすぐ左にある居間のドアを開けた恵理子の目に、黄色く星形にこぼれているジュースが飛び込んだ。

「あれっ、母さん、帰ったの」

あまりにも無気配ではいってきた母親に、台所からやってきた順一郎は驚いた。恵理子は無言のまま順一郎から雑巾を取り上げると、無造作に四つん這いになりこぼれた液体を拭き取り出した。全てきれいに拭き終わっても、恵理子はそのままの体勢でうなだれていた。テレビの野球は、続く高橋もタイムリーを打ち、巨人贔屓のアナウンサーの絶叫とともに盛り上がっている。

長い時間に感じられた。ようやく恵理子は億劫そうに立ち上がり、リモコンでテレビのスイッ

チを切ると順一郎の方に向き直った。

母親のそうした行動と充血した目を見て息子は悟った。

「父さんの事だろ」

「……あと……、あと五ヶ月だって」

勘の鋭い順一郎は、以前からの父親の病状を見て予感のようなものを持っていた。それが今、図らずも的中してしまった。

「そうか……やっぱり」

そう言ってしばらく茫然と立ちつくしていた順一郎は、突然武者震いを感じた。一打逆転のバッターボックスに向かう打者のように、高揚感と使命感が腹の底から沸き上がってくる。

「よっしゃー、一丁やったるかー」

息子の意外な掛け声と晴れやかな表情を見て、恵理子はたじろいだ。

――何? この子は。ショックで気でもふれたのかしら。

順一郎は唖然とする母親を見て、

「大丈夫、俺に任せとけって！」

と言うとポンと母親の肩を叩いた。

恵理子は瞬間、夫のことを忘れられたが、その代わりに息子の異様な態度の方が不安になってきた。

「俺に任せろって、どういうこと？」

怪訝そうに訪ねる母親に対して、順一郎は自信たっぷりに言った。

「父さんを助けよう。父さんは死なない、ずっと生き続けていくんだ。だから悲しくなんかないってことを父さんにわかってもらおう」

「……だって助かる見込みは無いのよ、どういう意味？」

恵理子には息子の言いたいことがさっぱり理解できない。

「話すと長くなるから、明日にしよう。俺も作戦練るから」

順一郎は母を制すると、リモコンでテレビをつけ直しナイターの続きを見出した。4回裏、巨人は結局5点を入れていた。

「きょうは勝てるぞー」

息子は何事も無かったかのように再びナイターに没頭した。

恵理子は思った。順一郎は馬鹿ではない。小さい頃から両親に似ず勉強はよくできた。高校も地区で一番ではないもののそれに次ぐランクの進学校であり、理数系に強く将来はエンジニアを夢みながら今は硬式野球部で青春のエネルギーを燃焼させている。性格も多少頑固なところはあるが、常に自分の意見を持っていて正義感も強い。親の贔屓目を差し引いても十分過ぎるほどしっかりとした健全な少年である。

その息子が今、訳の分からないことを言っている。母親を慰めるための単なる思いつきなのか、それともちゃんとした意図があるのか。

恵理子は後者を期待した、というよりも自分に為す術がない今、息子にすがってみようという気持ちになっていた。息子のやろうとしていることは掴めないが、少なくともその言葉と態度で冷静さを取り戻せたことだけは確かである。不可解と安堵の入り交じった思いで悲しみも幾分追いやられた。恵理子は根拠のない微かな希望を抱きつつ、疲れた体を二階の寝室へと運んだ。

順一郎は母親が階段を登り切ったのを確認すると、テレビの音量を上げた。そして泣いた。突っ伏して泣き続けた。確かに彼は父親がこのような事態になった時の救済シナリオを以前から作っていた。しかし、いざそれを披露しなければならない段階が来てしまった今、さすがにこの十六歳の少年は悲しみを耐えられなかった。


涙を出し切ったのは、ナイターが丁度終わった頃だった。巨人が9対2で勝っていた。

＊

北岡良平は、朝日を浴びていた。

誰がブラインドを全開にしたのだろう。あるいは昨日から開けっ放しだったのか。四月の心地よい柔らかな光が、体の痛みを解きほぐしてくれている。

——おっ、今日は調子がいいな。

病室のベッドから降り両手をあげて大きく背伸びをした。その後、足の屈伸運動を二回、三回と試みた。

——少し胸やけがするが、肺炎なのだから当然だろう。

昨夜、村上医師からの最終的な診断報告でかなり気が楽になった。それが体調にも好影響を及ぼしているのだろう。

自分の症状がガンかもしれないという怖れは持っていた。生来、疑い深い神経質な性格で、決して強心臓とはいえない。二週間にも及ぶ強い咳と胆、回を追う毎に精密になっていく検査、医師と看護婦とのヒソヒソ話など、気にすれば気にするほどその不安感は増していった。一環して『肺炎』という病名で検査はおこなわれてきたが、やはり最終的な結果を聞くまでは確信がもてない。その結果が昨夜担当医師からもたらされた。それも非常に事務的で慈悲など微塵にも感じられない村上の言葉と態度に、良平は逆に信用しきってしまった。検査前まで付き添っていた妻の恵理子ですら、自分が寝ている間に所用で帰ってしまったという。

良平が安堵するのも無理からぬところだろう。

——もう少しいたわってくれてもなぁ。

苦笑まじりに体の芯がむず痒い感覚を楽しんだ。

午前中に恵理子と順一郎がやってきた。

「父さん、具合はどう？」

順一郎は笑顔で尋ねた。良平の目には一週間ぶりに会う野球で真っ黒に日焼けした息子が精悍に見える。

「いや、結果がはっきりしてから、急に元気がでてきたよ。おれも臆病だったな。こんなんだったらもっと早く検査を受けるべきだったよ。てっきり不治の病かと思ってさ、遺言なんかも考えていたんだ。もっとも財産なんてなにも無いけどな、はっは」

軽口をたたけるほどに良平は確かに検査前よりも元気に見える。顔色も明らかに生気を帯びてきた。

「今日は日曜日だけど、部活は無いのか？」

「小田先生の都合で、練習は午後からさ」

「がんばれよ。夏の大会はあっという間だぞ。それまでには父さんもこの肺炎を治して絶対応援にいくからな」

「ああ。でも今年はレギュラー無理だぜ。高村先輩は凄いからな。まっ、来年が勝負だな」

「おいおい、来年は生きているかどうかわからんぜ。はっは」

良平は完全に冗談のつもりだった。恵理子と順一郎にもそれはわかった。

――父さんは肺炎ということを全く疑っていない。さあどうする。

実は、母と子は今朝打ち合わせて良平への告知を決意した。そしてその切り出しは順一郎とまで決めていた。彼は自分のシナリオ通りに、落胆している父親に対して極力明るく、悲壮感ゼロの構えで末期ガンであることを知らせるつもりだった。いかにしてショックを和らげ深刻さを取り去るか、熟慮したセリフを用意していた。そのためには父親が病気に対する疑いを持っているという前提が必要だった。僅かでも死への覚悟がほしかった。事実昨日までの良平は相当弱気になっていたのである。

ところが、昨夜村上から『肺炎』と告げられて本人は至極上機嫌にみえる。この状態で告知すれば父親を完全にたたきのめすことになるだろう。溺れ沈んでようやく海面に浮き上がってきた者を再び頭を押さえつけて沈めるようなものだ。どう対処したらいいのか、順一郎には答えが出せなかった。というよりも自分の方が恐怖を感じていた。

順一郎はためらいを隠すために、二度、三度とバットスイングの真似をゆっくりと繰り返した。その時、洗濯物を整理するふりをしながら様子を伺っていた恵理子は、この緊張に耐えられなくなったのか、ベッドで坐っている夫の元へいきなり駆け寄ってその腕にしがみついた。そして堰を切ったように号泣した。

「わぁー、あなたぁー、あぁ、あぁぁ」

良平は言葉にならない妻の叫びに戸惑った。

「痛っ、何だ、母さん、どうした！」

くぐもり声で泣き続ける恵理子。

「なんで泣くんだ。かあさ……、えっ?」

パジャマの腕を濡らす妻の涙の温かさを感じ取った時、良平は全てを察した。

——まさか……。

今度は息子を見上げた。

順一郎はきつく目を閉じていた。

言葉は必要なかった。愛する家族の表現で良平は確信した。自分に助かる見込みが無いこともわかった。

——やっぱり……。

それほど強いショックはやってこなかった。

こうなってくると、昨日からの安堵感は無理矢理自分自身に押しつけたものであり、やはり気持ちの中の九割方は死への不安も覚悟も存在していたのだと冷静に分析できた。そして、自分が意外と穏やかにこの現実を受け止められた事に対して少し驚いた。何か喉につかえていたものが取れたように、気持ちが楽になった感さえある。

——こいつら、悲しいだろうな……。

良平は自分のことより家族を先に思いやった。

「あなた……ごめんなさい」

恵理子がようやくぐしゃぐしゃになった顔を上げ口を開いた。

「何を謝っているんだ、これからも頼むよ」

恵理子は大きくうなずき、夫の腕を離してハンカチで涙を拭きはじめた。

「すごいな、父さん」

息子は父親の強さを見た。

「まあな」

短い親子の会話があった。

しばらくして、担当医師の村上が病室に勢いよく入ってきた。少しおくれて看護婦の鈴木泰子も続いた。

「北岡さん、具合はいかがですか」

特別良いことでもあったのか、それとも良平に気を遣ってか、いつもよりやや明るい口調で村上は尋ねた。

「ガンにしちゃ快調ですよ、先生」

何かが吹っ切れたような良平の少し意地の悪い回答に、村上はギョッとして言葉を失ったが、傍らでハンカチを小さくたたむ恵理子を見て空気を読んだ。

「それじゃ北岡さん……。もう奥さんから?」

「先生も水くさいなぁ。そうならそうと昨日言ってくだされぼよかったのに。下手な芝居だとは感じていたんですけどね。ははっ」

この明るい一言で周囲は助けられた。

告知はこうして終わった。順一郎のシナリオ通りにはいかなかったが、逆にこの何ら小細工のない自然な流れが、これから訪れる本当の試練に向けて家族の強い結束を生んでいった。そして今後のケアについての方針が医師と患者と家族の間でインフォームドコンセントという形で話し合われた。基本的には抗ガン剤で治療を続けていくが、体力が落ちたり副作用に苦しむようなら、人間らしい最後の余命生活を送れるよう無理な延命治療はしないことで合意した。『クオリティ・オブ・ライフ』の優先である。

「じゃ、父さん、また来るわ」

順一郎と恵理子はいつまで続くかわからないこの挨拶で帰っていった。

良平はフロントまで二人を送った後、静かな病室に戻り一人になった。おとといまで読んでいた戦国小説を手に取ると赤い栞が挟んである『桶狭間の戦い』の項を開いた。一枚ページをめくり戦国の一大転換期に目を走らせた。二、三ページ進むとまたもとに戻って一ページ目から読んだ。そして数ページを読んだと思ったら再び一から読み直す。これを何回も繰り返した。全く文章が頭に入らない。目で文字を追っているだけで意味が理解できていないのである。本を枕元に戻し、今度はテレビをつけてみた。テレビショッピングをやっていたが、何の商品の説明をしているのかわからない。無意識にいくつかチャンネルを換えてみるが、結局テレビも消してしまった。

頭の中がいっぱいなのである。

つい先刻まで穏やかに自分の病気を受け入れられたと思っていたのに、一人になった途端、死への恐怖が怒濤の如く押し寄せてきた。

——おれがガン、ほんとうなのか。

なぜ、おれが。

死んでしまう？　どういうことだ。

あと五ヶ月でおれがいなくなってしまう？　恵理子や順一郎はどうなる。順一郎はまだ高校生だぞ。嘘だろ、やめてくれ。

パニックに陥りそうになった。居ても立ってもいられない。ベッドから飛び起きると病室のドアを開け廊下に飛び出した。息苦しさを感じて窓を思い切り開けると、少し強くて暖かい風が良平の顔を撫でた。遠くの公園で遊ぶ小学生の黄色い声と、お昼を告げる駅のチャイムが小さく聞こえる。眼下のケヤキ通りには、休日にも拘わらずスーツ姿の若いサラリーマン達が、これから昼食なのだろう、なにやら楽しそうに話をしながら歩いていく。大きな犬と散歩しているジャージ姿の老人、自転車で駆け抜ける学生風の若者、派手に着飾って街へ出かけていく中年女性のグループ……。どれもこれも普段はどうということはない光景だ。

それが今の良平には眩しく、同時に妬ましく見える。ここを逃げ出して、あの大衆の中に溶け込みたいという強い衝動に駆られ、走り出そうとした。しかしその時、右足のスリッパがポトンと脱げ落ちた。

――なんで、おれだけ……。

理由などみつかるはずもないが、良平は落ちたスリッパを寂しそうに見つめながらただひたすら問い続けた。

ガラガラと、昼食が廊下を運ばれてきた。

それを合図に良平は体を引きずるように病室に戻った。


その日の夕方から、恵理子はスーパーのパートを辞めて夫に付き添うことにした。

「母さん、人間て案外強いもんだな……。死ぬことなんてそんなに怖く思わない……な」

良平は無理をして言葉を絞り出したが、その目は泳いでいる。

「そう……」

恵理子はそれが夫の本心でないことを感じ取っている。

「みんな、いつかは死ぬんだし……」

良平は極力強がってみせようと思っていたが、この夜ばかりはそうもいかない。言葉は強がっているが気力がついてこない。虚脱感の中に漂う会話は空しいものだった。

「あなた、無理をしなくていいわよ」

この一言で良平は妻に宿る母性愛にむしゃぶりつくように、深く溜め込んでいた弱音を一気に吐き出した。

講義開始

四日後の木曜日、順一郎は部活を早めに切り上げ、父のもとへと走った。

病室には母と、すっかり落ち着きを取り戻した父が二人で道路地図を眺めていた。

「おう、順一郎、悪いな」

「なに地図なんか見てんの？」

「うん、家族で久しぶりに旅行でもしようかと思ってな。それよりおまえ、部活のほうは大丈夫なのか」

「ご心配なく。その分、朝練早くやってっから」

実際のところ順一郎は部活を辞めてしまおうかと考えていた。少しでも父との時間を大切にしたいからである。しかし、『夏はおまえを使うぞ。親父さんが夏の大会を見にきたらどうするんだ』と監督の小田に諭され、なんとか思いとどまった。

「で、どこに旅行にいくことにしたの？」

「やっぱり、おれのふるさと、新潟さ」

良平は、雪深い新潟で生まれ育ち、十二歳の時に両親が離婚して母親についた。地元の高校を出るとすぐに近隣の町にある電気機器販売会社の支店に就職したが、将来戻れるという約束で関東本社に転勤させられた。そこで同僚だった恵理子と出逢い現在に至っている。良平は結婚した後母親に同居を勧めたが、都会には住めないと固辞されたため一人田舎に残すことになった。

その母親が亡くなってからは、新潟に戻ることを諦めてこちらに中古住宅を買った。故郷の家は元々借家だったために今はもう無い。そんなことで、ふるさとには五年前の中学時代の同級会以来帰っていなかった。

「せこいなぁ。それはそれとして、海外でもいってきたら」

「いや、そんな時間は無い。それより田舎でゆっくりしたいよ」

ここにきて急に郷里が恋しくなってきた。目的がはっきりしていても日本地図を妻と二人で眺めていると、何となく気持ちが安らいだ。

久しぶりに見る夫婦水入らずを邪魔するまいと、順一郎はトイレに立つ振りをして病室を出た。

しばらくして順一郎は戻った。母はお茶をいれている。

「父さん、今日からおれの講義を受けてもらうよ」

いきなり息子は切り出した。

「はっ?」

怪訝そうに見つめる父をまあまあと制すと、いよいよ救世主北岡順一郎の秘策『良平救済計画』

が始動した。

「まず、父さんは死後の世界を信じる?」

思ってもみなかった方向からボールが飛んできたため良平は面食らった。

そもそも良平は無神論者で、幽霊や魂などの類は荒唐無稽なものとして一切信じていない。強烈なイデオロギーこそ持ち合わせていないが、生理的に受け付けなかった。家には仏壇、死ねば葬式、神社では手を合わせることくらいは日本人の一般的な常識、作法として違和感はないが、これらは文化として割り切っている。

「あいにくそういったものは、父さん信じないなあ」

息子はよしっと鋭く頷くと話を進めた。

「それじゃあ、父さんが考えている死後ってどういうもの?」

不治の病の良平にしてみれば結構残酷な質問ではある。

「……そりゃ、おまえ、真っ暗な……、何の意識もない、……そう、寝ている時のような状態が永遠に続く……」

口元を曲げながら答えていた良平は、急に悪寒が走り言葉を繋ぐことができなくなった。良平にとって死後とは、このように絶望的な世界しかありえないのであって、今は考えたくない事柄だった。考えれば考えるほど気持ちが暗い闇の底に吸い込まれていくような恐怖をおぼえる。

ベッドの上で足もとを凝視する父親の心情を察した息子は、落ちついて言った。

「違う、あるんだよ、実際」

「死後の……世界がか？」

「その通り」

自信満々に言い放つ息子を見て、良平は思った。

——順一郎はおれを慰めようとしてくれている。死への恐怖を取り去ってやろうということなんだろう。

良平は息子の厚意を無下にするわけにもいかず、本意ではないがここは少しつき合うことにした。

「しかし、それは証明できんだろう。おれは疑り深い性格だからな」

「だったら、人間死んだあと何も意識が残らないという方も逆に疑ってみてよ。あのさ、素直に考えてみな。魂、天国、神様、みんな大昔から今までずっと、それも世界中で語り継がれてきたものなんだぜ。どうしてだと思う？」

「どうしてと言われても……それは生きている人間に対しての戒めとか、まあ道徳みたいなもんだな。悪いことをすると地獄に落ちる、とかさ」

「じゃあ、何で世界中だれでも知っているの？　信じる信じないは別としてこの地球上の人類の殆どが知ってるよね。すごく長い間、世界の何十億、いや、遡ると数え切れないほどの人がほぼ同じイメージをずっと持ち続けている。これって何だ？」

「んー……。やっぱり親や周りから聞いたり、宗教が広まったり……。それと人間は元々そういった同じような想像力を持ってるんじゃないのか。本能みたいな……」

「いや、だからその想像力、みんなが同じように持っている想像力が問題なんじゃないか。ほんとに人間は同じ事を想像する？　みんな千差万別でいろいろ思うことは違うだろ」

「だから、おまえは何が言いたい」

少し苛立った父に、息子はここぞとばかりにたたみかける。

「つまり、人間の潜在意識に共通の記憶として持っているからだよ」

「記憶？　いつの記憶」

「人間に生まれて来る前の記憶」

――なっ、息子はまじめに言っているのか？

どこへ連れていかれるかわからないこの問答に良平は戸惑った。ただ不治のガンに侵されて苦しんでいる大切な父親を、助けてやりたいという懸命な執念は十分響き伝わる。

順一郎は父の困惑とたじろぎが混じり合った複雑な表情を敏感に読み取って言った。

「やっぱ、やめる？　こういう話」

「いや、続けてくれ」

――今日のところは息子に付き合おう。

父はそう決めた。

「では、この続きはまた次回ということで。あまりたくさん話しても父さんも疲れるだろうから、じゃあ」

そう言って順一郎は帰ってしまった。

傍らで一言も発せず様子を見守っていた恵理子がポツリと言った。

「このことだったのね」

「何だって?」

「ううん、何でもない。でもあの子、あんなに理屈っぽかったかしら」

「おれに似たのかな」

「そうかもね」

二人は息子が舵をとる船のタラップに足をかけた。しかしその行き先はわからない。

*

「順一郎君や」

部活を終え足早に父のいる病院へと向かう順一郎は、後ろから呼び止められた。

「ああ、おじいさん、どうも」

こくりと会釈をする順一郎に、老人は柔和な笑顔で応えた。

「お父さんの具合はどうじゃね？」

「ええ、割合と元気です。なにか吹っ切れたみたいで」

それを聞くと老人は、うんうん、と小さく頷いた。

「もう、講義は始まったのかね？」

「はい、昨日から始めました。まだ、父さん、戸惑っているみたいですが……」

この長身の老人は、風でなびいた白髪を撫でながら、頼もしそうに少年を見つめている。

「あまり、無理をかけるでないぞ」

「はい、ありがとうございます」

老人はそのまま後ろを向いて、もと来た小路を杖をつきながらゆっくりと戻っていった。

「じゃ、失礼しまっす」

少年の体育会系らしい規律ある挨拶に、老人は振り向いてにっこり笑った。

順一郎はこの老人がどこのだれかは知らない。初めて出会ったのが、十年ほど前の小学生時代であった。順一郎が公園のけやきの木から落ちて病院に運ばれるという事故があったが、その前後に出会ったのが最初のような記憶がある。それ以来、公園の周辺でよく出くわして立ち話を交わしていた。

順一郎はこの老人と会うと、深い知恵と大きな和みを感じる。一度、老人の家に遊びにいきたいと思っているが、いつもふわっと帰っていってしまう。

――どこの人なんだろうなあ。

今まであまり考えなかったが、なぜか今日は気になる。ついて行こうかとも考えたが、はっと我に帰り病院へと急いだ。


順一郎は病室のドアを開けた。

「おう、悪いな」

昨日と同じ良平の一言だ。

「母さんは？」

「うん、買い物に言ったよ。もうすぐ戻るんじゃないかな」

「あ、そうなの」

「昨日の講義の続きだろう？　母さんもいないとだめなのか？」

順一郎にしてみれば、この講義は父母両方に聞いてもらいたいものだった。

「ま、いいや。時間もないから始めるよ」

「ああ、頼む」

良平はベッドの上で姿勢を正した。

「えー、昨日の問題、少し考えてみた？」

良平は、前日の息子の懸命な姿勢だけが強く印象に残りいろいろ思いを巡らしたが、話の内容そのものについては全く考え直していなかった。どんなことを話したのかもすぐには思い出せない。

「あー、えー、魂の……、その、存在が……」

バツの悪そうな表情で焦り始める父を見て息子は言った。

「やっぱ、興味ないか……。そうだ、昨日のナイター見た？」

落胆して話題を換えた息子を父は制した。

「いや、続けてくれ。死後の世界……、だったよな」

「ほんと、無理しなくていいって」

正直のところ良平は無理をしていた。上司のつまらない自慢話を聞かされている心境に似ていたが、その苦痛に耐えられるのは息子の自分に対する思いやりを感じるからに他ならない。

「いや、徹底的にやってくれ。きつかったら、おれの方から言うから」

「わかった」

順一郎の顔が輝きはじめた。

「昨日は、人類の殆どが死後の世界、まあ天国といってもいいや、それを信じる信じないは別として知っているというところで終わったんだよね」

良平は段々と思い出してきた。

「そうそう、なぜかっていうと、えーと……」

「生まれる前の記憶がそうさせるのじゃないかということ」

昨日父はここで面食らったのだった。しかし今日は幾分免疫ができていたので、平然としていることができた。

「生まれる前って母親のお腹の中っていうことか？」

「もっと前」

「もっと前って、なんじゃそりゃ」

もうここでリタイアしそうな自分にむちを打つ良平だった。

「つまりこういうこと。人間の意識っていうものは、母親の体の中で造られるんじゃなくて、どこかからやって来て母親のお腹にいる胎児の肉体に入り込む。まあ、その意識を魂といってもいいけどね。その魂の記憶ということさ」

「うーん……」

良平の認識と違っていた。良平はもちろん否定的だが、魂というものは《ひとだま》みたいに炎の尻尾があってふわふわ墓場に浮いているというイメージしかない。それが胎児に入り込むなどという発想は持ち合わせていなかった。

「その魂は、どこからやって来るんだ？」

「天国」

「天国？　天国って死んでから行くところじゃないのか？」

良平は混乱してきた。天国へは一方通行しかないと思っていたからだ。

「天国は自分の家って考えればいいんだ。『行ってきます』でこの世に生まれて、死んだ後は『ただいま』って帰っていく」

喩えとしてはわかりやすかったが、良平には本質が見えていない。

「その天国ってのは、どこにあるんだ?」

「それは先にいってからのお楽しみ。あまり話を広げないほうがいいから。話を戻すと胎児に入り込んだその魂は、以後出産から死の直前までその肉体の中に宿り、肉体が死んでしまったらまた元の場所、つまり天国へと戻っていくのさ」

「……じゃあなにか、人は死んでも意識ははっきりしてるということか?」

「その通り!」

自信たっぷりに順一郎は答える。

「ということは、おれは死んでも生きているということか? あれっ」

「大正解!」

してやったりの表情の息子。

「えっ、どういうこった、死なない? 死ぬってなんだ?」

混乱状態の父を見て息子は少し快感をおぼえた。

そこへ恵理子がスーパーの買い物袋を両手に携えて帰ってきた。

「ただいまあ。あっ、順、来てたの。ありがとう」

妻の帰りも気付かずに腕を組んで考え込んでいる夫を見て、恵理子は吹き出した。

「例の続きね。順、父さんを困らせちゃだめでしょ。あんまり頭いいほうじゃないんだから」

「あっ、母さんお帰り。今なんか言った?」

狐につままれたような顔の良平を見て母と子は大笑いした。

「よし、今日はこれでおしまい」

「なんだ、もう終わりか。やけに短いな、もうちょっとやってけよ」

「いや、今日は大進歩。日曜日にまた来るよ。明日は練習試合で遠征だから」

「じゃあ、父さんしっかり今日のところを復習しとくからな」

「無理すんなって。じゃっ」

短い挨拶で息子は出ていった。良平はその後、恵理子に今日の順一郎の話を辿って聞かせた。

「母さんはどう思う?」

「まあ別に目新しい話でもないし……。結局、順の優しさよね。あなたに希望を持たせようっていう。いじらしいわね」

「希望ねえ……。死ぬことを前提とした希望かあ」

落ち込んでいきそうな夫を見た妻は慌てて付け加えた。

「あっ、でもそういうことってあるんじゃない。私、パート先でよく女性週刊誌読むんだけど、死んだ人が生き返った時、三途の川を見たとか、死んだ身内に出会ったとか……」

「それは昔話だろ。じいさんばあさんから聞いたのが夢みたいになって出てくるんじゃないの？　たわごとだよ」

良平は、順一郎に対してはお愛想で接しているが、本音はこんなところだ。

これを聞いた恵理子は憤る。

「えっ、じゃあ順の言っていることもたわごとだってこと？」

「いやあ、そういうわけじゃ……。急に信じろったって無理だよ」

「大体この手の話はいつも体験者が疑われるの。嘘をついているんじゃないかって。まるで悪者扱い、精神の異常とまで言う人もいる。おかしいと思わない？　自分が見たことないからあるはずないなんて、いったい何様のつもりよ！」

この調子で恵理子は延々とまくし立てた。そして最後に言った。

「だから順も言ってたじゃない。信じなくてもいいから素直に考えてみろって。逆に今までの常識の方を疑ってみろって」

息子の救助船に乗りかかっては引き返す自分の優柔不断を痛感した良平は、恵理子の熱いこの言葉で躊躇いがちの背中を押された。そして今までとは別の方向からこの船に乗ってみようと決心した。

――よし、本音で順一郎にぶつかろう。おれが納得するまで徹底的に否定してやろう。

元来、良平は議論好きである。元気なころは酒を飲んでは同僚に対して人生やら天下国家やらの議論をふっかけて嫌われたものだ。自分の疑問はストレートにぶつけて、自信満々の息子を論破してやろうと考えた。するとその病んだ胸に沸々と闘志がこみ上げてきた。

*

土曜日、良平の部下である梅川と土田が見舞いにやって来た。

「係長、お元気そうですね」

「おう、二人とも、休みのところ悪いな」

「いやあ、係長のことを思うと休んでなんかいられませんよ。一刻も早く元気なお顔を拝見しなければ落ち着きませんから」

如才のない先輩の梅川ばかりがしゃべっていて、後輩の土田は後ろでただニコニコしている。このコンビはいつもそうだ。

「土田君、藤間建設に提案したやつ、うまく進んでいるか?」

「はい、何とかまとめられそうです」

遠慮気味に土田が答えた。

「やっぱり係長がいないと大変ですよ。改めて係長の偉大さを感じさせられますよ」

話を振っていないのに再び梅川が月並みなおべっかで割り込んでくる。しかし彼の計算のないキャラクターを良平も知っているために嫌みは感じなかった。

——そういえば、告知を受けてからこの一週間、自分のことや家族のことは深刻に考えたが、仕事のことは殆ど頭に無かったなあ。

良平はそんなものなのかと思った。今の仕事に就いて二十五年、四半世紀の間営業一筋に懸命に働いてなんとか係長までなった。出世は決して早いとはいえず、今どき時代遅れの年功序列的に昇格したものではあるが、良平としては満足している。今までの人生の半分以上は会社のために費やしてきたであろう。それが死を目前に迎えるとなると、全く頭からすっとんでしまっている。

——そんな程度のものだったのかな。

良平は繰り返し思った。

「下の喫茶に行ってコーヒーでも飲もうや」

良平は二人を連れてエレベーターを降りた。

「係長、あの……、奥様からお話は全て伺っておりまして……」

中庭が見渡せる窓際の席に座るやいなや、梅川が珍しく深刻そうな顔を近づけてきた。

「ああ、そうなんだよ。迷惑かけるな」

「いえいえ、迷惑だなんてとんでもない」

さっきまでのテンションとはだいぶ違う。土田も合わせてかぶりを振った。

「でも、最近は医療も進んでいるし……。きっと良くなりますよ」

「ありがとう。でも可能性は殆ど無いらしいんだ」

梅川は眉をしかめた。

「そんな……」

「大丈夫、もうおれは覚悟できてるから。いやあ、案外あっさりしたもんだったよ。人間いつかは死ぬしな、でもちょっと早いか」

良平は明るく振る舞った。

「あ、あの、何と申し上げればよいか……。私たちは北岡係長にここまで育ててもらって……、ほんとうに感謝しております。わ、私は……」

直情型の梅川は目に涙を溜め、唇を震わせた。

「ほんとうに、ありがとうございました」

土田は小さいが野太い声で感謝の意を表すとそのままうつむいた。

良平はこの一週間幾度となく涙を流し、もう泣くまいと心に決めていたが、この場ばかりは耐えられない。上を向き歯ぎしりをして我慢したが、熱い一筋が目尻から溢れて耳たぶに届く。

カチカチとウェイトレスがコーヒーを運んできた。こういう場面に慣れているのか、若い彼女はカップをそっと配るとそのまま静かに去っていった。

良平は鼻をひとつすすると二人を見て言った。

「おれの方こそ世話になったな……。ありがとう」

ふたりは垂らした頭を更に下げて礼を返した。

「……おいおい、そういえばおれはまだ会社を辞めてないんだぞ。勝手に変な挨拶させるな、ははは」

この場を取り繕うとする良平の言葉に部下は顔を上げた。そして無理して笑っている上司の顔を確認するとつられて笑った。そうするしかなかった。悲痛な儀式はこれで終わり、その後三人はしばらく鼻をすすりながら歓談していた。


「あ、そうだ。そういえば君たちに少し変な質問してもいいか?」

思い出したように良平は切り出した。

「どうぞ、どうぞ、なんなりと」

やはり梅川の方が先に応じた。

「君たちは死後の世界というものを信じるか?」

梅川は突然急ハンドルを切られたような内容の変化に即座には反応できず、良平の顔をしばし見つめた。良平としては息子との対決を前に、この若い二人の第三者的意見を聞いてみたくなった。そこへ今まで押し黙っていた土田が待ってましたとばかりに乗り込んできた。

「私はあると思います」

土田の小さいが確信に満ちた声に、良平は身を乗り出して突っ込んだ。

「ほう、そういうのって本当にあるのかねえ」

土田は良平のおかれている状況を考えるとどのように話せばいいのか迷ったが、とにかく忠実に答えていくことにした。

「本当かどうかといわれると証明はできませんが……。あれは私がまだ小学校高学年のときの話なんですが」

良平はなになにという表情で続きを促す。

「父方の祖母が病気で亡くなりまして、医者も臨終を確認したんです。そうしたらその二時間後に息を吹き返したんです」

「うん、それは案外よく聞く話だよな。まだ脳が死んでいなかったということじゃないのかな」

少しがっかりしたように良平は言ったが、土田は続けた。

「ええ、そうなんです。ここまでは良く聞く話なんです。問題はここからなんですが……。その生き返った祖母が、死んでる間のこと、正確に言えば息を吹き返すまでのことを話しはじめたんです」

「その時にあっちの世界の話を?」

「はい、その内容はほとんど定番で、長くて真っ暗なトンネルを進んでいくと向こうの方に光っている出口が見えて、そこを出るとまわりは一面きれいなお花畑と三途の川が流れていて、その川の向こう岸にはご先祖様がいる、というやつですね。そうしたらその先祖が『こっちに来るな、まだ来なくていい、あと十年したら来なさい』と祖母に言ったそうです。その言葉に追い返されて祖母は目を覚ましたと言ってました」

ここまで聞くと良平は質問した。

「土田君、話の腰を折るようで大変申し訳ないんだが、それもやっぱり夢みたいなもので……、そのなんだな、おばあさんの思い込みというかな」

そうとられても当然というようにうんうんと頷きながら土田は続けた。

「そうなんです。私たちも最初はみんなそう思っていたんですが、その次に祖母はとんでもない話をしたんです。死んでいる最中に体から自分が抜け出て宙をふわふわ浮かんでたと言うんです」

これも夢だなと良平は思った。土田のとなりに座ってじっと聞いていた梅川は呆れたように窓から外を眺めだしたが、土田はなおも続ける。今日は珍しく多弁だ。

「祖母は、下から団扇で煽られるようにふわふわと天井まで浮かび上がったそうなんです。そこから下を見たらそこには布団に横たわる自分と、その周りで泣いている親族を見たらしいんです。そしてその時、祖母は背の高い桐箪笥の上に置いてあった出雲大社のお守りを見つけたと言うんですよ。それを聞いた私の父がその箪笥の上に手を伸ばしてみると……、確かにあったんです。出雲大社のお守りが！」

えっ、と良平は土田を見つめたまま椅子の背もたれに体を引いた。中庭を眺めながら聞いていた梅川はふっと振り向き、まるで気持ち悪いものでも見るかのように上半身だけを土田から逃がしていった。先程のウエイトレスが静かにやってきて、水のお代わりを順番に三人のグラスに注いだ。その間、沈黙が続く。

ウエイトレスが立ち去るのを待って今度は梅川が切り出した。

「なんかトリックみたいだな」

「そうなんですよ。でもね、祖母は昔の人で背も低いからとても箪笥の上なんか覗き込むことはできないんです。それに祖母がお守りを置いたわけでもありません。そのお守りは以前叔父が出雲大社に行った時に買ってきたもので、その箪笥の上につい置き忘れたんですね。無くしたと思って当時あちこち探したらしいんですが、もちろん祖母はそんなことは知りません」

「つまり天井あたりからでないと見つけられないということか……。うーん」

良平は腕組みをはじめた。

「まだ続きがあるんです。天井まで浮いた祖母は、そのまま天井板を通り越して二階の孫の部屋まで行ったらしいんです。そこで祖母は孫の、私の従兄弟ですが、その部屋にあるタバコを見つけたんです。祖母はなんで小学生の孫の部屋にタバコがあるのか不思議に思ったそうですが、そのタバコは私の父が控え室になっていたその部屋に置いといたものでした」

「それは、おばあさんがその部屋に入ったことがあるからだろう」

梅川は半ばヤケクソ気味に言い放ったが、土田は冷静に対応した。

「言い忘れましたが、祖母は足が悪くてその家を新築してから二階には一度も上がったことがなかったんです。それに……、父親がその部屋にタバコを置いたのは、祖母が息を引き取る直前だったんです」

「そんなことって……」

良平は絶句した。

梅川は訳がわからず土田に言った。

「結局、どういうことなんだ？　おまえのおばあさんが幽霊にでもなったって言うのか？」

「いや、幽霊というか魂みたいなものが、死んだ直後に服を脱ぐようにして肉体から出ていったということなんだと思います。そうでないと説明がつきません」

今度は良平が問うた。

「さっきの天国の話とはどう結びつくんだい？」

「はい、祖母が言うには二階も通り越して屋根を突き抜け、そのままもの凄いスピードでガァーって暗いトンネルを通って天国まで引き上げられたそうです。そこに花畑と三途の川があって……。それで最終的にはまた服を着るようにして自分の体の中に入ったと言ってました」

「おばあさんはまだご健在なのかい？」

良平は尋ねた。

「いいえ、それからちょうど十年きっかりで亡くなりました」

「おれにはついていけねーな」

梅川は放り投げたが、良平は考えた。

――土田は嘘をつくような人間ではない。この誠実さ一本で営業をやっている男だ。するとおばあさんの作り話か。でもお守りやタバコの話はどう説明がつく？　土田一族でトリックをしかけて土田にみせたってか？　それとも単なる偶然が重なっただけなのか。

悪戯、偶然、幻想、この三つしか考えられない。どれだ？

良平は自分を納得させようと懸命になっていた。今までの良平ならこんな話は疑うどころか全く鼻にさえかけなかったが、順一郎の件と信頼のおける土田の話なだけに聞き捨てならなかった。

「係長を疲れさせちゃ悪いから、この辺で失礼しよう」

梅川はこの話題を遮るように土田を促した。

良平は我に返った。

「ああ、二人とも悪かったな、ありがとう。外出の許可が出たら会社の方に行くよ」

「係長、あんまり考え込まない方がいいですよ。それではお体の方、くれぐれもお大事に」

梅川はスッキリと、土田は何か名残惜しいようにして帰っていった。

――なかなか具体的な話だったな。今度、順一郎にぶつけてみるか。

良平は部下から大きなお土産をもらった。それを手にした時の息子の喜ぶ表情が父にはありありと見えてきた。こうなるとどちらが慰められているのかわからない。


良平が病室に戻ると、村上医師が来ていた。

「あなた、先生が家に帰ってもいいって」

恵理子がうれしそうに声をあげた。

「おっ、ほんとうか？」

まるで全快したかのように喜ぶ良平。

「はい、昨日の検査結果で肺の水はおさまっている模様です。今後は二週間おきの通院で検査と点滴を受けてもらいます。それで様子をみていくことにしましょう」

相変わらずの無表情で言葉を発する村上だが、最近、良平と恵理子はこの医師が対人技術に未熟なだけであって決して高慢なのではない、むしろかなり神経をすり減らして対応してくれていることを感じとっていた。

「あの、旅行なんかしても大丈夫なんでしょうか？」

恵理子は聞きにくそうに質問をしてみた。

「はい、極端に疲労を伴わなければ結構です」

「ありがとうございます」

夫婦は揃って頭を下げた。

その後、村上から在宅治療に関しての食事や運動など細かい注意事項の説明があったが、基本的には今までのライフスタイルは変えずにやっていけるということが、この夫婦には何よりうれしかった。

良平はこれまで営業という職種上、夜の接待や度重なる休日出勤でプライベートな時間は相当つぶされていた。その上たまの休みとなると疲れ切った肉体の完全休養、いわゆる家でのゴロゴロをずっと繰り返していた。そのために家族とのふれあい、家族サービスといったようなものは順一郎が成長していくに従って疎かになっていった。

——何とかいままでの時間を取り戻したい、家族に恩返しがしたい。

良平は切に願った。

一方の恵理子はそんなことなど全く恨んでいないし意にも介していなかった。ただ夫に残り短い人生を人間らしく豊かにたっぷりと生きていってもらいたい、そのためにはどんな苦労も厭わない、その一点だけに思いは集中していた。今の二人には個人のエゴなどどこにも存在しない。ただ互いの真っ直ぐな思いやりだけが最高潮に融合していた。

医師は最後にこう説明を結んだ。

「とにかくご夫婦ともに、明るく笑顔のある生活が最も大切です」

抑揚のない硬い表情でこの言葉を押し出す村上を見て恵理子は吹き出しそうになった。
さっそく明日、退院である。

自宅にて

日曜日、朝食を終えた良平は早速退院の準備を始めた。

準備といっても身のまわりのものは前日恵理子が持って帰っていたので、退屈凌ぎの単行本とひげ剃り、あとは脱いだパジャマをバッグにしまい込むだけだった。

一息つくと良平は廊下に出て窓を開けた。今日も素晴らしくよく晴れている。休日の朝だけに街は寝坊を許していた。いつものケヤキ通りを眺めてみても、歩いているのは犬と散歩している老人と、乳母車をゆっくりと押している若い母親だけである。

——長い一週間だったなあ。

ちょうど一週間前の日曜日、良平はガンの宣告を受けてパニック状態でこの窓を開けた。その時に吹き出した世の中に対する妬みや恨みなどの醜い感情は、遠い昔のまだ思春期で蒼い頃の自分だったような気がしていた。この一週間は良平からすれば少年から壮年への一足飛びの成長過程にも似ていた。それほど今は爽快な気分だった。心も一緒に退院である。

「おっはよう」

順一郎が右手を挙げて廊下をやってきた。恵理子もその後を足速についてきた。

退院準備を終えた三人がナースセンターで挨拶した後、看護婦の鈴木泰子が近づいてきて言った。

「また、いつでも気軽に遊びに来て下さいね」

これからも定期的な検査と点滴のために通院は必要で、またいつかは再入院しなければならないことはわかっている。しかし良平はこの一言に癒され、どこかしらほっとした。

病院の玄関の自動ドアを出て滑らかなアプローチを降りると、良平は大きく深呼吸をした。

「くあー、気持ちいい。なんか脂っこいものが食いてえなあ」

すこぶる元気な夫を見る恵理子の胸には、退院できた安心感とこの元気がいつまで続くのかという切迫感とが渾然一体となって渦巻く。

「今夜は分厚いステーキにしようぜ、母さん」

いつものようにタイミングのいい順一郎の助け船で、恵理子は夫に向けていた顔をまっすぐにした。そして三人はゆっくりと家に向かって歩き出した。

良平にとっては十日ぶりのわが家である。

いままでも出張で一週間くらいは空けたことがあるが、今日はやけに懐かしく感じる。居間に大の字になって、畳の薄い匂いと開放感を満喫した。

——なんか実感がわかないなあ。おれ、ガンなんだよな。

軽い咳が出る以外は、まだどこにも異常を感じていない良平は、今こうしてわが家で気持ちよく寝転がっているだけに、余計これからの運命を想像できない。

しばらくぼんやりと天井を見ていた。

――天井……！

その時、何かを思い出した良平は咄嗟に飛び起き息子を探した。

「おーい、順、順はいるかー」

突然の咆哮にびっくりした妻と子が台所からすっ飛んできた。

「なになに、どうした！」

順一郎は、居間の座卓に両手をおいて立ち上がろうとしたまま止まっている父を見た。

「悪い、びっくりさせて。順一郎に話があるだけなんだ」

「なによ、もう」

恵理子は夫を睨むとくるりと反転し、そのまま昼食の準備に台所へと引き返した。

「話ってなに？」

二人は座卓をはさんで向かい合った。

「うん、昨日な、父さんの会社の人が見舞いに来てくれたんだけどな、その時にな」

良平は昨日部下の土田から聞いた不思議な話を、忘れないように控えたメモを広げて丹念に話した。

うんうんと頷きながら順一郎は真剣に聞いている。

「順、おまえどう思う」

一通り話を終えると、父は息子に意見を求めた。

「もちろん、その話は事実だよ」

こともなげに肯定する順一郎に、良平は調子を狂わされた。

「いやにあっさり言うなあ」

「その話、いずれおれも父さんにレクチャーする予定だったんだ。手間が省けたよ」

せっかく息子のために土産を買ってきたのに、それは既に息子が持っている物だった。良平はガッカリした。

「ところで父さん、そんな話よく聞いてきたな」

勇んで話していた父の態度の変わり様を見て順一郎はなだめた。

「ああ、おまえのお陰で興味は持てるようになってきたよ。でも勘違いするな、信じてるわけじゃないんだぞ」

ここで良平は背筋を伸ばし姿勢を正して続けた。

「おれは決心したんだ。おまえはおれに気を使わずに徹底的に講義をやってくれ。おれは納得するまでおまえと論戦する。どっちが勝つか戦争だ」

順一郎はうれしかった。残り少ない父の人生にとって、この講義ははたして有用なことなのかと良平が困惑する度に悩んでいたが、それも吹っ飛んだ。

「そうか、父さん、それじゃ早速午後から本格的に始めよう」

不敵な笑みを浮かべる両者に戦いのゴングが鳴った。

「おもしろそうね、私も観戦してるわ。その前に腹ごしらえね」

恵理子が昼食のうどんを運んできた。

＊

小一時間ほど休憩をとった後、場所を応接に移しソファに身を沈めリラックスした状態で、父と子の真剣勝負が始まった。

順一郎が先に切り出した。

「さっきの体外離脱の話からはじめようか」

「たいがいりだつ？」

何のことだという表情で良平は聞いた。

「あ、ごめん、父さんがさっき話してくれたこと、あれ体外離脱といって人間の肉体と魂が離れてしまうことなんだ」

「肉体と魂って別々に存在するものなのか？」

「そう、この前話したように魂は最初よそからやってきて、母親の中の胎児の肉体に入り込むの。父さんの会社の人が言っていたみたいに服を着るようにね」

良平は徐々にそれまでの順一郎の講義を思い出してきた。

「じゃあ、その魂とやらに質問を集中するが、いったいどんなものなんだ？　形とか色とかは」

父の反撃が始まった。

「形は肉体と同じ。色は光っているから、まあ敢えて言えば白だな」

「何で形が体と一緒なんだ？」

「それは肉体を構成している何十兆個という細胞の一つ一つに染み込んでいるから、必然的に同じ形になってしまうのさ」

「細胞の一つ一つ？」

「そう、小さな一個の細胞にまで魂は宿っているからこそ、あんな複雑な遺伝子なんかの動きができるんだ」

良平には何やら難しい内容になりそうな予感がしてきた。

「それじゃあ、胎児の中に入る時はどんな形をしてるんだ？」

「その胎児の形。正確に言うと受精した瞬間に魂は入り込むんだけどね。だから最初はまん丸、あとは胎児が成長していくに従って同じ形と大きさになっていくんだ」

「じゃあ、死んだ後は？」

「その死んだ時の肉体の形。老人なら老人、子供なら子供。もっとも肉体から抜ければ形など関係ないからいくらでも好きなように自分で変えられるけどね」

「好きなように変えられる？　もっとスマートな二枚目にもなれるってことか？」

「当然。自分が思った形に変えられるんだ。うらやましいだろう」

「……つまり決まった形など無いってことか？」

「結果的にはそうなるね」

良平の連射する質問に相変わらず言い淀むこともなく淡々と、まるで台本を読み上げるように順一郎はセリフをこなしていく。それでいて、良平のレベルでは今のところ矛盾点を見いだすことができない。もっともそれは魂の存在を認めるという前提があってのことだが。

良平は質問を続けた。

「魂の色は白って言ったよな」

「光でできているからね、感覚で言えば白ということ」

「光でできてるってどういうことだ？」

「わかりやすく言うと、とっても細かい素粒子が気体状に集まってできているんだ」

良平は苦笑した。

「余計わかりにくいなあ。もやみたいなものか？」

「イメージとしてはそんなところだね」

「じゃあ、目に見えるのか？」

「見えないよ」

「だって光だったら見えるだろう」

「いいかい、波長によって目に見えない光もあるんだ。それに光っていうものはエネルギーなんだ。電気や磁気は実際に存在するけど目には見えないよね、それと同じ。でも自分も肉体から離れて魂だけになると見えるようになる」

「でも、幽霊とか見える人がいるらしいじゃないか」

「基本的に幽霊なんていないんだよ」

良平はこの言葉を意外に思った。

「あれ、今そういう話をしているんじゃないのか？」

無理もないかという表情で順一郎は続けた。

「父さんに逆に質問するけど、幽霊ってどういうもの？」

「……あの白装束でうらめしやーって化けて出てくるやつだろ」

「はは、そう、それ。その幽霊は何で出てくるの？」

「何で？　この世に未練や恨みがあったりして……、成仏できなかったから出てくるんだろ」

「成仏ってなに？」

「成仏ってのはおまえ、死んだ人が仏に成って、あの世へ無事たどり着くことだろ……。おいおい、立場が逆になってねえか？」

黙って様子を見守っていた恵理子が笑った。

にやついていた順一郎は話を戻す。

「ちょっと話を整理しよう。魂は天国からやってきて肉体に宿り最後はまた天国に帰っていく、というのが基本。でも幽霊ってやつは父さんも言ったように成仏できなかった魂、つまり天国へ行けなかった魂ということだよね」

二人は確認し合った。

「でもね、天国へ戻れない魂なんて無いんだ。どんなに怨みつらみがあろうと必ず天国へ帰っていくことができる。百パーセント！」

順一郎は断言した。

「じゃあ、幽霊ってなんだ？　おれは信じないけど」

「だから成仏できなくてこの世に留まる霊なんて無いの」

ここで恵理子が割り込んできた。

「ちょっといい？　よくテレビなんかでやってる霊能力者っていうの、霊が見えるって人たち、あれはインチキってこと？」

「いや、それは何かが見えているんだと思うけど、少なくとも成仏できなかった魂じゃない」

「じゃあ何よ。否定するの？」

恵理子の突っ込みで今まで憎たらしいほど自信たっぷりだった順一郎が、初めて困惑した表情を見せた。

「いや……、否定はしないよ。中にはインチキもあると思うけど、ほんとうに見えている人は何が見えているのか……、おれにはわからない」

腕を組んで考え込んでしまった。

良平はここが反撃どころとも思ったが、息子のわからないものはわからないと潔く認める態度に闘志も萎えた。

「よし、まあ許してやる。宿題だ」

「うん、ごめん。これだけはどうしてもわからないんだ」

恵理子の方は物足りなさを感じながらも、

「お茶でも飲もうよ」

と言って台所へ向かった。順一郎は講義を再開した。

「どこまで話したっけ?」

「えーと、魂の形や色だったな。まあ、おれは納得してないがイメージはわかった」

「最初に戻るけど体外離脱の話をしよう。体外離脱現象と、本当に死んで魂が天国に帰っていくのとでは似ているけど決定的に違うところがあるんだ。その違いがわかる?」

良平は土田の話を思い出しながら考えた。

「天井から下にいる自分を眺めるってことか?」

「違う」

「天井や屋根を突き抜けるということか?」

「NO」

「あとは三途の川とか先祖とか」

「そこまでは死んだ後と全く同じ」

この時突然良平の体に電気が走った。今まで物語としてしか感じられなかった土田のおばあさんの話が、にわかに自分の事のように迫ってきた。

——ひょっとするとおれも死んだら同じような体験をするのか?

ここにきて初めて、良平に僅かながら死後の世界に対する現実感が芽吹いた。

「わかった! また体に戻ってくるということだな」

「YES! 本当に死んでしまったらもう二度とその肉体には戻ってこれないよね。でも体外離脱や死を経験する臨死体験はまた戻ってくる。これは大きな違いだね」

台所から茶道具と菓子を持ってきた恵理子は、ソファに座りこぽこぽとお茶を入れ始めた。

その様子を眺めながら良平は言った。

「しかしどういうことだ、なんで戻ってくるんだ?」

「それは完全には死んでいなかったからさ。まだ体と魂は断絶していなくて、僅かに細い糸で繋がっていたということなんだ。だから一旦天国まで辿り着いたものの、その糸でまた引き戻された」

「じゃあ、なんで離れてしまうんだ？」

「それは肉体が死と殆ど同じ状態までいってしまったから。魂が勘違いしてしまったんだな。ほんとうはまだ死ねないのに」

「勘違い？　死んでいいか悪いかは誰が判断するんだ？」

「それを決めるのは自分自身。この話をすると広がり過ぎるから別の機会にするよ」

恵理子が入れたお茶をすすりながら順一郎は続けた。

「順番に話を進めると、まず肉体が機能停止してこれ以上生き続けられなくなると、自動的に脱出スイッチが入り魂が肉体から離れていく。その魂は天国へ行く準備をするためにしばらく宙を漂っている。この時、自分の抜け殻の肉体を見るんだ」

良平はじっと聞いている。

「次に魂は建物を通り抜けどんどん上昇加速し、猛スピードで暗いトンネルの中を天国に向かって突き進む」

ちょっと待ったと良平は息子を止めた。

「魂は壁や天井を通り抜けられるのか？」

「そう、光は電磁波だから。例えばX線なんかも物質を透過するからレントゲン写真が撮れるんだよ」

良平は病院で見せられた青白い自分の胸部のレントゲン写真を思い出した。

「それと猛スピードで飛べるってことも光だからか?」

「その通り」

順一郎は進める。

「天国までの旅はとっても長いトンネルの中を飛んでいる感覚で、そのうちにトンネルの向こうに強く輝く光が見えてくる。そこがトンネルの出口で天国への入口となるんだ。そしてその光の中に入っていくと、なんともいえない幸福感と開放感ですごく気持ちがいい。今まで味わったことのない、あったかい……」

目を細めて遠くを見つめ、まるで自分が今体験しているかのように恍惚とした表情で順一郎は話している。

「おい、順一郎」

良平は息子のどこかへ行ってしまいそうな様子が心配になり、声をかけた。

あっ、と我に引き戻された順一郎は、慌てて良平の方に向き直ると心を落ち着かせるようにお茶を一口すすった。

「そんなに気持ちのいいものなのか?」

父の問いで真顔に戻った順一郎は答えた。

「そりゃもう、例えようがないだろうね。その気持ち良さの原因のひとつは、肉体を脱ぎ捨てたことによるね。重いリュックを背負って山を登り、頂上へ着いてそのリュックをおろすと気持ちいいだろう。そんな感覚と一緒で、今生きている時はこの体が重いなんて感じることはないけれど、脱いでみて初めてその感覚が味わえるってこと。体重がゼロになるんだもの」

「ほぉー」

良平は両腕を肩から回してみた。

「水に浮かんでいるようなもんか？」

「もっと楽だけど、近いね」

「でもこの分厚い肉を脱ぐと寒そうだな」

突き出た腹をつまみながら良平は言った。

「大丈夫、天国は常夏、常春と言った方がいいかな。いつも温暖で変化がないのさ」

「まさに天国だな。はは」

と良平は自分で言って、はっと息を飲む。

――確かに天国イコール良いところってみんな当たり前に言うよな。単なる比喩で使われているだけなのか？　そのイメージはどこから来たんだろう。宗教か？

考え込む良平をよそに順一郎はそのまま続けた。

「その気持ちいい天国に着いたら、辺り一面広大なお花畑がある。そこをどんどん飛んでいくと限りなく澄んだきれいな水が流れる大きな川がある」

「それが三途の川か?」

「そう、みんなここで一旦立ち止まる。そして今までの自分の一生を振り返ることになるんだ。まるで映画かビデオみたいに一生が目の前で上映される」

「それは誰が上映するんだ?」

「自分自身で。自分の記憶の中のものを全部、いいことも悪いことも、楽しかったことも苦しかったことも全て走馬燈のように目の前を流れていく」

「何のために?」

「人生を振り返って反省するためさ。自分の行いが良かったのかどうか」

「それを反省してどうする?」

「どうするって、魂はまだずっと生きていかなきゃいけないんだから素直に反省することは必要だよね。この世と一緒さ。長い旅行から帰ってきて振り返るみたいに」

ここで良平は妙な感覚に囚われた。

「人生って旅行みたいなもんか?」

「いや、今のは喩えでね、それは人それぞれに感じ方が違うと思うよ」

「おまえの考えはどうなんだ」

焦燥感に駆られた良平は、順一郎に詰問した。

「おれは哲学者じゃないんだから、ましてやまだ十七のガキだぜ。父さんの方がずっと人生の先輩だろう」

父の変貌に戸惑った順一郎は思わずこう答えてしまった。良平はうなだれた。

——確かにその通りだ。自分の方こそ息子に人生を説いて聞かせなければならない立場だ。

でも知りたい、教えてくれ。人の一生とはなんなのか。なぜおれは早く死ななければならないのか！

そう思うと忘れかけていた心の苦しさがまたこみ上げてきそうになった。

「おれもまだまだだな」

順一郎の話を理解しようと努めてかなり受け入れ体勢が整ってはきたが、ちょっとした拍子に現実に戻され水の泡となる。良平は意志の弱い自分を責めるとともに、順一郎がもっと自分を納得させてくれるよう切に願った。

「今日はこれでおしまい」

順一郎は父の様子を見て切り上げた。彼も父を納得させられない自分に対して歯痒さを感じている。

「ちょっと走ってくる」

と言うなり外へ出ていった。

空は曇りはじめて、やや肌寒さを感じる。

あの老人が立っていたのは、家からランニングしてきた順一郎の額にうっすらと汗が浮かんだころだった。やはりいつもの公園前で。

走ってくる順一郎を認めた老人はにっこり微笑んで待っていた。

「おじいさん、こんちは」

順一郎は老人の前で止まり挨拶をした。

「やあ」

手を挙げて返す老人の顔は、とても柔和で人を落ち着かせるものだった。順一郎は思わず取りすがりたくなった。

「おじいさん、またちょっと話を聞いてもらいたいんだけど」

老人はこれを予期していたかのように、何も言わずに少年を公園まで先導した。

平穏な日曜日の昼下がり、公園にはサッカーボールを追いかけている五、六人の小学生と、ヨチヨチ歩きの赤ちゃんを芝生の上で遊ばせている若い夫婦、遠くのベンチでは学生が寝転がって本を読んでいる。

二人は近くのベンチに座った。

「お父さんのことじゃな」

老人は広場を眺めながら言った。

「そうなんです。なかなか理解してもらえなくて」

順一郎はもどかしさを延々と老人に伝えた。

「おまえさんは子供を産んだことはないじゃろ」

じっと聞いていた老人が唐突に妙な質問をしてきた。

「はあ」

「あれは大変らしい。わしら男には想像もつかないくらい。一生経験することはないがな」

「はい……」

「体験したことの無い人間に実感を持たせるというのは相当困難なことじゃ」

老人と少年はしばし黙って広場を見つめていた。

「順一郎君や」

「はい」

「あそこでボールを蹴っている小さい子供達はなにをしているんじゃろ」

先程からずっと彼らは敵味方もなく、ただ転がるサッカーボールだけを追いかけて必死に走り回っている。

「ボールを蹴って楽しそうに遊んでいますね」

「普通はそう見えるのぉ」

順一郎は老人が何かを示唆しているということはわかるが、それが何なのかすぐ出てこない。

老人は続けた。

「わしには、子供達が走らされているようにも見えるがのぉ」

「走らされている？」

「そうじゃ。小さい体をすくすく成長させるために、誰かに」

「……！」

順一郎は閃いた。

「おじいさん、ありがとう」

順一郎はベンチを立ち、頭をペコリと下げるとそのまま走り去ってしまった。

「賢い子じゃ」

老人は満足そうに呟いた。


「ただいま！」

順一郎は汗びっしょりで帰ってくるなり、風呂場へ行きドアを開けた。

「おう、帰ったのか」

そこには静かに湯船に浸かっている父がいた。

「来いよ。久しぶりに背中を流してくれ」

良平に呼ばれて少しためらった順一郎だったが、すぐ裸になって従った。順一郎は何年ぶりだろうと思っていた。小さい頃は広くて鋼鉄のように頑丈に感じた父の背中も、今はすっぽり包み込めそうなくらい華奢で頼りなく見える。それが寂しくて順一郎は力いっぱいにその背中をこすった。

その夜、親子は対決を一時中断し、恵理子が焼いてくれたステーキに舌鼓を打った。しかしその後、ナイター中継『巨人対阪神』でアンチ巨人の父はジャイアンツファンの息子と再び対決することになった。

＊

火曜日、良平は二週間ぶりに会社に行った。

ガタン、とタイムカードを押すと事務所の視線が一斉に良平に集まった。気恥ずかしさを感じながらもそのまま上司である井上課長のデスクまで行って挨拶した。

「おはようございます。大変ご迷惑をお掛けいたしました」

良平より二つ年上だが、スリムで若々しい井上は背筋を伸ばしたまま颯爽と立ち上がった。

「おはよう、元気じゃないか。あまり無理するな」

すでに井上は梅川と土田から報告を受け全てを知っていた。他に事務所内で良平の症状を知っているのは出張中の営業部長だけである。

朝礼を終え一息ついたところで、井上が良平を呼び二人は応接室に入った。

「本当にすいませんでした」

良平は改めて頭を下げた。

「気にするな。それよりその様子ならこれからバリバリ挽回できそうだな」

「ありがとうございます。でも……」

と言いながら良平はスーツの内ポケットから白い封筒を差し出して続けた。

「いろいろお世話になりました。いつどうなるかわからない体なので……、お願いいたします」

良平としても、まだこの仕事を続けたかった。勤続二十五年の愛着と寂しさ、今後の経済面、そしてなによりまだ何年も生きられるのではないかという微かな希望を持っていたため辞めるには忍びなかった。しかし、これまで世話になってきた会社に対する良平なりの流儀をここは貫きたかった。

テーブルの上に置かれた封筒を見つめている井上に、良平は再度頭を下げた。

「そうか……。でも部長とも相談したんだが、君さえ良ければ体調のいいときにだけでも仕事をしてもらったらどうかと考えていたんだ」

「お気遣いありがとうございます。でももう決心したことですので。引継期間だけはキッチリと出社させていただきます」

わかった、と井上は口を真一文字に結んで了解した。

「酒は大丈夫なんだろう？　今晩つきあえ」

「はいっ、よろこんで」

井上は良平の肩をポーンと叩くと、辞表をスーツにしまい込み部屋から出ていった。

自分の席に戻った良平は、書類一枚無くきれいに片づいている机の上を撫でながら一抹の寂しさを感じた。普通なら二、三日不在にしただけでも、連絡やら承認やらでおびただしい書類が山と積まれているのに、誰かが整理してくれていたのだろう、机が二倍に広く感じるほどさっぱりしていた。

「係長のデスクは毎日私が手入れしといたんですよ」

良平の左隣に座っている部下の望月香織が恩着せがましく話しかけてきた。

「ああ、どうもね。でもなんか落ち着かないな」

「大丈夫、これからどっさり積み上げますから」

彼女はもちろん良平の病状を知っていない。望月は前に座っている梅川と土田の方を向いて言った。

「今夜、係長の快気祝いでもどうですか？」

男性陣二人は良平の顔を伺った。しかし井上と飲む約束をしたばかりの良平は断らなければならない。

「悪い、せっかくだけど今晩は先約があるんだ。金曜日でどうだ？」

「ＯＫです！」

飲み会の話がまとまると、土田が口を開いた。

「係長、今日午後から例の藤間建設の商談、同行願えないでしょうか。なかなか私では最後の一押しが足りなくて」

「いいよ。今日決めてこようぜ」

総務課の長谷川が書類を持ってやって来た。

「北岡係長、この在庫の件ですが訂正があります」

「どれどれ、見せてみな」

良平に今まで通り慌ただしい日常が戻ってきた。


午後からの藤間建設のコンピュータネットワーク商談は、十年来の担当だった良平の顔でほぼまとまった。正式契約は三日後の金曜日である。

「係長、ありがとうございました」

玄関を出ると、土田が頭を下げた。

「いやあ、君が今までコツコツやってきた成果だよ。根回しが行き届いてたんでおれは楽だったな……。あっ、それともおれへの花道だったのか？」

土田はとんでもないと慌てて否定した。しかしこの焦り方からすると、どうやら図星だったようだ。部下の温かい心遣いに良平は胸が熱くなった。

良平は土田を近くの喫茶店に誘った。そこは彼が昔よく藤間建設の帰りに立ち寄った店だった。入口のドアを開けると、初老のマスターがこちらを振り向く。

「いらっしゃいませ」

懐かしむような表情で迎えられた二人は、中程のボックスに座った。

「昔はよくここでサボってな」

と良平が言うと土田は少しバツの悪そうな顔をした。彼もこの店の常連のようだ。

良平はマスターへ注文を伝えると、いきなり土田に顔を近づけて言った。

「実はこの前の件なんだけどさ」

土田はピンときた。そのためにこの喫茶店へ誘われたような気はしていた。

「あのときはすいませんでした。変な話をしてしまって」

「いや、そうじゃないんだ。あの話をもう少し聞きたいんだ」

申し訳なさそうにしていた土田が反射的に顔を上げた。

「君自身はおばあさんの話をどう思ってる？　百パーセント信じてるのか？」

良平の問いに土田はしばらく考えてから発言した。

「祖母や親戚の人達は、集まる度にあの一件を話題にするんです。今だにやってますよ、ほんとに不思議だったなあって。私もその輪の中にいるんですが、とても誰かが嘘をついてるとは思えないんです」

「おばあさんの勘違いということは？」

遠慮がちに良平が聞いた。

「ええ、確かに祖母の勘違いや作り話ということも可能性としてはゼロではないんですが……。でも祖母がたとえ嘘をついていたとしても、二階のタバコの件だけはどうしても説明がつかないんです」

そうだったなと良平は思い出した。

「仕組まれたトリックという線は当然残ります。出雲大社のお守りを箪笥の上に置いた叔父と、従兄弟の部屋にタバコを置き忘れた私の父、それと祖母が示し合わせたという」

良平は身を乗り出した。

「ただそれも無理があるんです。祖母は医者が正式に臨終を告げたんです。仮病なんかじゃない。うちの父は祖母の危篤を聞いて駆けつけ、気を落ち着かせようと控え室だった従兄弟の部屋へ上がってタバコをふかしていました。そして祖母が息を引き取る直前に慌てて枕元へと行ったんです。つまり、打ち合わせる暇など無いんです。もっとも生前の元気なころから予め仕組んでいたと言ってしまえばそれまでなんですが……」

わかったという態度で良平は話の方向を切り替えた。

「偶然の一致ということは考えられないか？」

「それも私なりに考えてみたんですが、なにか一つ、例えばタバコを見つけたというだけなら偶然もありえます。しかし、神社のお守り、それも全国に数え切れない程ある神社のなかで出雲大社と名指しして、箪笥の上にそれがあったと……、いくつもの一致点がある。これを確率でいうと天文学的な数字になると思うんです。まあこれも奇跡的な偶然として片付けられなくもないですが……」

土田の顔が急に険しくなった。

「結局、こういうことは疑えばきりがないんです。集団妄想や集団催眠などと言う人もいます。でもそんな胡散臭いもんじゃない。実際に立ち会った人間には現実感があるんです。インチキ呼ばわりしないでもらいたいですよ」

今まで見せたことの無い土田の険しい形相を見て良平は怯んだ。

「いや、おれはそういうつもりじゃ」

「係長のことを言っているんじゃなくて、そういったものを否定し続ける人達、特に学者に多いでしょう。わからないと言うならまだいい。したり顔で変な風にこじつける科学者がいるでしょう。相手にもしたくないといった態度で」

なおもヒートしてくる土田。

「あんなの科学者じゃないですよ。こんなに不可解でおもしろそうな材料が沢山あるのに目を背けて逃げている。別に逃げても構わない、軽蔑さえしなければ。何も科学は科学者達だけの所有物じゃないんだから」

土田が独り言のように吐き捨てたため、気まずい空気が二人の間に漂ってきた。

「なんか警察の取り調べみたいだな、ははは」

良平はこの雰囲気を壊すため冗談を言った。土田は乗ってこなかったが冷静さは取り戻せたらしく頭を下げて詫びた。

「でもこういったものは、世界中で誰も研究したものがいないのか？」

良平の問いに土田は普段のやさしそうな顔に戻って答えた。

「いえ、います。死後の世界に限るとキューブラー・ロスという医学博士が有名で、『死ぬ瞬間と臨死体験』という本を出しています。日本では立花隆が『臨死体験』という本でかなり突っ込んでいます。あの有名な文学作品の『遠野物語』にも死後を題材にした記述が載ってるんですよ。でも比較的北欧の方で研究が活発ですね」

「なんだ、割と研究してる人はいるんじゃないか」

「ええ、真正面から取り組んでいる人達もかなりいます。だから私が文句を言いたいのは、ただ闇雲に体験者を異常者扱いしている人種のことでありまして」

また始まる、と察知した良平は急いで遮った。

「わかったわかった。で、最初の質問に戻るけど、結果的には君は百パーセント信じてるってことだな」

土田はまた少し考えてから答えた。

「私も祖母の一件から死後の世界というものに興味を持って、本や雑誌などで同じようなケースを読んでみました。世界中には膨大な体験者がいるんですね、あの世から戻ってきた人達が」

「みんな、あれか、体から抜け出てってやつか？」

「細かい部分でかなり違いはありますが大きな流れとしては一緒です。彼らの証言を尊重し素直に考えれば、人間死んだ後も何かがあるとしか言いようがありません。それが何かはわかりませんが」

良平はふと順一郎と話しているような錯覚に陥った。ただ違うのは土田が客観的で慎重に事象を捉えているのに対して、順一郎は主観的で極めて断定的でもある。

「ありがとう、土田君。大変参考になったよ」

こう言われてはじめて土田は良平が不治の病に侵されていたことを思い出し、こんな内容を話してよかったのかと自問した。


午後の十一時過ぎ、夜陰にまぎれて良平はスナック『優里』の前にいた。

先刻まで井上と飲んでいた。二人は差しで飲むのは初めてだった。あまり気の合う関係では無かった上、井上が異常に良平に気を遣っていたために何かギクシャクした酒席だった。

上戸の良平は井上と別れた後、物足りなさと人恋しさで行きつけへと足が向かった。長屋のように酒場が軒を並べる横丁の行き止まりのこの店は、いかにも場末という表現がはまる。

コロンコロン、と古い木製のドアを鳴らすと、反射的に中の人間がこちらを振り向く。

「あっらー、良ちゃん！」

まるで蒸発した男でも見つけたような驚きの表情でママの鏡子が顔を突き出した。一人だけカウンターに座っていた見慣れぬ中年客は、なにを勘違いしたのかそそくさと帰り支度を始めた。

カウンターが六席、ボックスが一つの小さな店で従業員は使っていない。良平は慣れたように奥から二番目の席につく。

「ありがとうございました。お気をつけて」

鏡子は客を出口まで送ると、急いでカウンターに戻り良平の前に立った。そして悪戯っぽい目を向けて言った。

「何年ぶりかしら」

何年と言われても一ヶ月ほど空けただけである。それまでの十五年間というもの週に一、二回は必ず顔を出していた優良顧客だっただけに、嫌みっぽく言われても仕方がないかと良平は観念した。決して美人とはいえないが丸顔に愛嬌があり、どことなく亡くなった母を思い出させるような鏡子と話していると、良平は深い安らぎをおぼえた。ほろ酔い気分の時はなおさらである。

「お仕事、忙しかった？」

水割りをつくりながら鏡子が問いかけてきた。誰一人連れてきたことのない良平の秘密の隠れ家だ。病気のことなど知らせる人間はいない。

「ああ、ちょっとね」

とりあえず良平は生返事をしたが、実は鏡子には病気のことを打ち明けたかった。慰撫を求めるのではなく、同い年で十年以上の付き合いである彼女には伝えなくてはならないような気がしていた。なぜならそれは、ご多分に漏れず良平も客の方が一方的にママを仮想愛人扱いしているパターンに陥っているからだった。

恋心を告白するように思い切って切り出した。

「ママ、実はおれ……、ガンなんだ」

「うそっ?」

もちろん鏡子は疑う。

「ほんと。あと五ヶ月だってさ」

「またぁ」

この手の冗談を使う客はよくいる。その時彼女としては極力疑い続け、相手が降りるのを待つしかない。

「本当だって。肺ガンで今まで入院してたんだ。だからここには来れなかったんだ……」

良平は真顔だった。

「嘘でしょう?」

鏡子は口ではこう言ってみたものの、目が怯えはじめて表情のバランスが取れていない。恐る恐る良平の顔を覗き込む。

「えっ、嘘なんでしょう?」

「……」

黙り込んでしまった良平を見て青ざめた。狂言でないことは明らかになった。

「そんなことって……」

鏡子は一歩さがって立ちつくし、放心状態で良平を見つめた。良平がグラスを握ったままうなだれると、鏡子はその大きな瞳をみるみる潤ませそのまま後ろを向いてしゃがみ込んでしまった。

カラン、とグラスの中の氷が鳴った。

有線のジャズが小さく床に響いている。

「ママ、ごめんな。湿っぽくしちゃって」

しばらくして良平が言った。

鏡子は首を振りながら立ち上がり、深呼吸をすると赤い目できっぱりと答えた。

「いいの。これが私達のつとめですから」

その夜は看板の火を早めに消して、二人は酒に溺れた。

否定

朝、良平は頭痛で目を覚ました。

頭の芯がズキズキし強い胸やけがする。上顎からのどまでが貼り付くようにカラカラに乾いて唾が出てこない。体が循環を求めているせいだろう、夜中に水を何リットルも飲む夢を見た。何とか起きあがろうと寝返りを試みるが、体がだるくて気力が湧いてこない。

――酷い二日酔いだな。

昨日確かに深酒はしたが、今までならあれくらいでこんなに惨めな状態には陥らなかった。良平は自分の体力が落ちてきていることを初めて体感した。

――二日酔いくらいで会社を休むわけにはいかないんだ、まだ退職していないんだから。

どうにかこうにか自分を奮い立たせて起き上がった良平は、呟き込みながら台所へ降りていった。

「おはよう」

朝食の準備をしている恵理子と朝の挨拶を交わした。順一郎はもう学校へ行っている。

「昨夜は遅かったのねえ」

いつもより長く続く夫の咳を心配しながら恵理子が訊ねた。

良平は待ちに待った冷たい水を、コップに注いでゴクリと一気に飲み干すと、昨日の会社でのこと、夜は井上と飲んだことを報告した。しかし、何ら後ろめたさはないものの最後の店のことだけは伏せた。

「軽い二日酔いだよ。悪いが朝飯はキャンセルさせてくれ」

結婚してから朝飯を抜くなど一度もなかった良平は、恵理子の不安げな表情から逃げるように身支度をして会社に向かった。


今日の仕事は得意先への挨拶回りに充てていた良平は、朝礼を終えるといち早く会社を出た。むかつきが治らない良平にとってこれは好都合だった。すぐに駅まで行くと清涼飲料水を買って待合室のイスに身を委ねた。冷たい液体を体の隅々にしみ込ませながら、良平は昨夜のことを思い出していた。やはり一番気になるのは最後のスナックのことである。

――鏡子の店にはもう行けないかもしれないなあ。

これほど酔いが酷いと体力的にもう無理なのではと寂しくなった。と同時に鏡子に病状を打ち明けてしまったことを悔やむ。親しい人間に話すことで少しは気持ちが楽になると思っていたが、実際は逆でみんなが遠く離れていってしまうような怖れを感じるだけだった。今日の良平は相当弱気になっていた。

これではまずいと努めて気持ちを建て直し、空き缶を捨てると最初の顧客へと歩を進めた。途中、藤間建設があったが、昨日訪問したばかりなので今日は立ち寄らないことにした。この時ふと昨日の土田の話を思い出した。

——たしか体外離脱に関する本があると言ってたな。

良平はいても立ってもいられなくなり、気がついたときには一駅先の図書館に着いていた。普段図書館には時間つぶしに雑誌を読むときくらいしか利用しない良平だが、始めて奥の研究書の書棚まで入っていった。『哲学』の場所でようやくそれらしき書物群に辿り着いた。『死と○○』『○○の宗教』、『神と○○』など多数の似たようなタイトルが並んでいる。良平は昨日、土田から書いてもらった書名のメモを頼りに目的の本を見つけると、閲覧のコーナーでページをめくった。

『「死ぬ瞬間」と臨死体験』

エリザベス・キューブラー・ロス

彼女は個室に入れられました。突然、死がすぐそこまで迫っていることがわかりましたが、看護婦を呼ぶべきかどうか、決心がつきませんでした。《中略》ちょうどその瞬間、彼女は自分が静かにゆっくりと肉体から離れ、ベッドから一メートルほど上に浮かび上がるのを見ました。シ

ュワルツ夫人はユーモアのセンスのある人で、そのときの自分の肉体は「青白くて、気味が悪かった」と話してくれました。そのときは、驚きと畏敬の念はおぼえたが、恐怖とか不安は感じなかったそうです。

蘇生チームが入ってくるのが見えました。誰が先頭で誰が最後か、彼女はこまかく覚えていましたし、彼らの話も一言ももらさず聞き取れました。それだけでなく、彼らの考えていることまで全部わかりました。彼女は後に、かなり狼狽していたらしい研修医が口にしたジョークをそっくり繰り返すことができました。彼女は、自分は平気だからあわてないで落ちつくようにと、彼らに伝えたくてたまりませんでした。《中略》それでやっと彼女は、自分には彼らのことが見えるけれど、彼らにはこちらが見えないらしい、ということに気づいたと言います。そこでシュワルツ夫人はあきらめ、彼女自身の言葉を借りれば「気を失い」ました。四十五分間にわたる蘇生の試みが失敗に終わった後、彼女は死を宣告されました。ところが、三時間半後に息を吹き返し、医師たちを仰天させたのでした。彼女はその後一年半生きつづけました。

ある男性の場合です。彼は自動車事故で家族全員が焼死してしまいました。《中略》ある日、彼は、彼自身の表現によれば「酔いつぶれて」、森のはずれの泥道にひっくり返っていました。《中略》大きなトラックが走ってきて、彼をひきました。その瞬間、彼には、重傷を負った自分が道路に横たわっているのが見えました。彼は事故の一部始終を一メートル上から眺めているのでした。

そのときです。彼の前に家族があらわれたのは。家族はみな、まばゆい光に包まれ、顔には信じられないような愛と幸福の微笑を浮かべていました。自分たちの存在を知らせるためだけにあらわれたのです。彼らは言葉ではなく、一種のテレパシーによって、死後の生のよろこびと幸福を語ってきかせました。《中略》

救急車が猛スピードで事故現場にやってきて彼を担架にのせ、病院の急患室に運び込みました。彼はその一部始終をそばでながめていました。急患室で、彼はやっと自分の肉体のなかにもどり、体をベッドにしばりつけていたひもを引きちぎり、《中略》元気に病室を出ていきました。


ある十二歳の少女は、臨死体験がどんなに素晴らしかったかを、母親に打ち明けることができませんでした。子供が家よりもいい場所を見つけることを喜ぶ母親はいないからです。《中略》しかし、彼女は自分の体験があまりに美しかったので、誰かに言わずにはいられず、ある日、父親に打ち明けました。死ぬことは本当に素晴らしい体験だから自分は帰って来たくなかった、と。彼女の体験には、まわりのことが全部見えるとか、何ともいえない愛と光があるなど、ほかの人びとと共通することのほかに、彼女にしか見られないものがありました。そこにはお兄さんがいて、優しさと愛と共感を込めて彼女を抱いてくれたのです。それで彼女は父親に言いました。

「へんね、あたしにはお兄ちゃんなんかいないのにね」。

すると父親は、じつはお前には兄がいるのだと言いました。彼女が生まれる三か月前に死んでしまった兄です。両親は一度もそのことを娘に話したことがありませんでした。

この子は、ある医院で、そこの医者からあたえられた薬に対して過敏反応を起こして死を宣告されました。父親が到着するのを待つあいだ、母親は必死に息子の体をなで、泣き叫び、死なないでと懇願しました。どれくらいたったころでしょう（母親には永遠と思われました）、二歳の子供が目を開け、老いた賢者のような声で言いました。「ママ、ぼくは死んだんだ。とてもきれいな場所にいたから、帰りたくなかった。イエス様とマリア様がそばにいたよ」。

マリアは彼に、まだ死ぬべきときでないから帰りなさい、と繰り返し言ったのだそうです。

《中略》その瞬間、ピーターは目をあけたのです。「マリア様にそう言われたから、走って帰ってきたんだ」。

『口語訳　遠野物語』

柳田國男著　後藤総一郎監修

飯豊の菊池松之丞という人が、傷寒（熱病）にかかって、たびたび息を引きつめた時のことです。

ふと気がつくと、自分は田圃に出て、その足で菩提寺の喜清院へ急いで行こうとしていました。足に少し力を入れますと、意外にも、ふうわりと空中に飛び上がり、ほぼ人の頭ぐらいの高さを、前さがりに滑空します。しばらくして、また力を入れますと、はじめのように飛び上がり、なんともいいようのないほどよい気分です。

寺の門に近づきますと、人々が大勢集まっていました。なんだろうとあやしみながら門を入って行きますと、赤い芥子の花が、見わたすかぎり一面に咲きほこり、いよいよ、よい気分になりました。この花の間には、亡くなった父が立っていて、

「お前も来たのがあ」

と、やさしく言うのです。これになんとなく返事をしながら、なおもすすみますと、ずっと前に亡くなったはずの男の子がおり、なつかしそうに、

「とっちゃ、お前も来たのがあ」

と言いました。

「おめえ、ここにいだのがあ」

と言いながら、松之丞が男の子に近づこうとしますと、男の子はなぜか、

「とっちゃ、いま来てはだめだ。だめだ」

と強く言います。

この時、門のあたりで、しきりに自分の名前を呼ぶ者がいます。(なんたら、うるさいごど)と思いましたが、あまり呼ばれるので、心も重く、いやいやながら引き返しました。そして、(お寺の門を出た)と思った途端に目がさめ、正気にもどりました。

親族の人たちが、みな寄り集まって、水をかけたり、口々に名前を呼んだりして、生き返らせたのだそうです。

土淵村の中央で役場や小学校のあるあたりを字本宿といいます。ここで豆腐屋をしている政という三十六、七ぐらいの人がいます。が、話はこの政の父親が大病で、生きるか死ぬかとみんなが見守っている時のことです。

この村から北のほう、小烏瀬川の橋を渡ると下栃内の集落です。が、そこで家を新築するため、地固めの堂突をしていました。そこへこの政の父親が、ひょっこりあらわれたというのです。父親は、にこにことみんなにあいさつした後、

「どうれ、おれも堂突してみるがぁ」

などと言いながら、堂突の綱をにぎり、自分も仲間に入って仕事をしました。いっしょに仕事をした人々はみな(いやあ、あの人はたしか、大病をわずらっていると聞いたがなあ)と、不思議に思いましたが、口に出しては言いません。そのうち、薄暗くなってきましたので、仕事をやめ、政の父親もいっしょに帰りました。

ところが、後で聞けばその人は、その日のうちに亡くなったということでした。人々は驚いてお悔やみにかけつけました。

「いやあ、なんとなく影は薄かったがら……」

「おがしいとは思ったが、まさかなあ……」

と、口々に堂突のことを語りあいました。

みんなの話をつき合わせてみますと、その時刻は、病人が息を引きとろうとしている時刻とまったく同じでした。


キューブラー・ロス博士はスイス生まれの精神科医で、数多くの末期患者を取り扱ってきた経験で死後の生に関心を持ち、世界中の二万件以上にも及ぶ膨大な体験例を収集しているという。その範囲は、年齢（二歳半から九十七歳）、民族（インディアンやイヌイットの例もある）、文化、宗教を問わない。

遠野物語は、柳田國男が岩手県遠野郷に伝わる物語をまとめたもので、明治四十三年に出版された日本民俗学の代表作である。

二時間程いろいろな臨死体験本を読みふけっていた良平はそれらの五、六冊を借りて図書館を出た。新たな知識を得るとともに新たな疑問点も吹き出してきた。

——これで順一郎との討論の材料ができたな。

また息子へ土産を持って帰ることになった。

家族揃っての夕食を終えると良平の方から順一郎を呼び寄せて、借りてきた書物の付箋を貼ったページを読ませた。

しばらく真剣な表情で読んでいた順一郎が、顔を上げて言った。

「すごいな、父さん。よくこんな本見つけたよ。おれでもまだ読んでいなかったのに」

やっと努力を認めてもらった父は、テストの点数を褒められた子供のように喜んだ。

「でもまだ全然納得できないぞ。ところでおまえの方はどんな本で勉強したんだい？」

良平は息子に対して前から気になっていたことを聞いた。

「うん、まあ、いろいろと」

順一郎は言葉を濁した。

今夜の講義はこのテキストを基に、父から子への質問形式とすることにした。順一郎としても、この前の日曜日以来あまり良平に無理強いをしないことに決めていたので、この方法は大歓迎だった。

「では質問するが、まず、臨死体験が人によって違うというのはどういうことだ？　大きな流れとしての共通点はあるが、細かいところはかなり差がある。外国では三途の川など出てこない。

あっちの世界が本当にあるのなら全く同じ体験でなければ辻褄が合わないと思うが」
『死ぬ瞬間と臨死体験』の中では、亡くなった肉親や知人に会わなかった例や、三途の川に相当するものが虹であったり山であったりする。国によっては、キリストや聖母マリアまで登場することもある。『遠野物語』では寺の門をくぐると死んだ肉親が現れる。死者が仕事をするという例もある。

良平はこれらと土田の証言を照らし合わせて、体験が一致しないことに疑問を感じた。これはやはり幻覚ではないのかと。

いい質問だと言う表情で順一郎は説明を開始した。

「まず、各体験要素が有ったり無かったりという方から説明するよ。その前に典型的な臨死体験パターンを頭に入れてもらいたいんだ。それは父さんの会社の土田さんの話をモデルにするといい」

順一郎は、臨死体験のパターンを次のように整理した。

①死ぬ（死の宣告を受ける）
②体外離脱をして死んでいる自分の肉体を真上から見る
③暗いトンネルの中に入っていく
④トンネルの向こう（出口）に光を見る

⑤光の世界（天国）に入る
⑥一面美しい風景を確認
⑦生と死の境界にさしかかる（三途の川、門、虹など）
⑧自分の人生を振り返る
⑨亡くなった親族や知人に会い「まだ来るな」と言われる
⑩再び急激に肉体の中に戻される
⑪気がつく

「大体がこんな順序。それで人によって各項目が有ったり無かったりするのは、殆どの人がこのフルコースを体験しているのだけれど、印象に薄いものが抜けてしまい話していないか、単純に覚えていないかのどっちかだね。おれたちだって、例えば旅行の思い出を隈無く全て話すことは困難だよね」

良平は何とかついていこうと頭を必死に回転させた。順一郎は続ける。

「ただし例外があって、体外離脱のみを経験する場合もある。これは肉体が完全に死んでいなくても死に近い状態、例えば海で溺れた時や呼吸困難な時に経験してしまう人もいる。それどころか訓練によって自分の意思で離脱したりまた戻ったりできる人もいるんだ」

「訓練できるだあ！」

良平は思わず大声を出してしまった。

「これはよほどの鍛錬をしないといけない。修験者みたいにね。素人がおもしろ半分にやろうとすると大変なことになる」

「どうなるんだ?」

「もとの肉体に戻れなくなる、ということはそのまま死んでしまうことになるね」

ギョッとした良平は質問した。

「自分で離脱できる人は、離脱して何をするんだ?」

「純粋に物事の真理を知りたい、という動機が殆どだろうな。肉体から抜け出ると脳や体に縛られることなく何の制約も無いから、自由奔放に思考することができるしその答えも簡単に得ることができるのさ」

「頭の働きが活発になるということか……。でも変じゃないのか? 体外離脱をすれば脳の機能からも離れるから、何かを考えるということは不可能じゃないのかな。そもそも目も無いから物を見ることもできないだろ」

良平は絶対的な矛盾だとばかり少し得意になって言った。

「それはこう考えてほしい。あくまでも自分の主体、自分自身の意識は魂の方にあるのだと。肉体は鎧甲のようなもので、これを着ていると重くて思い通りに動けない。脳は物事を考えるためにあるのではなくて脳で人間の思考を制限しているんだ。だから魂は脳の機能以上のものを持っている」

あっさりと返されてしまった。

「うーん……。だったら肉体って何のためにあるんだ？」

「鎧甲も戦場に行くには必要だよね。多少重くても魂を守ってくれるとても大切なものだ。この世に出るには必需品なんだよ」

「なぜこの世に生まれてこなければならないんだ？」

「どうしてもそこに行き着く核心の部分だね。それを話すと話が思いっきり広がるから別の機会にするよ。今は順序立てて理解してもらわなければならないから」

順一郎は良平の不満を認めながらも話を戻した。

「ひとつ言い忘れたけど、体外離脱をすると自分の行きたいと思ったところに一瞬のうちに行けてしまうんだ。例えば遠くにいる友達や親戚に会いたいとか思うとヒューッとそこまで飛んでいってしまうのさ」

「はあ……」

どことなく《SF》めいてきたな、と良平は思った。

「昔からよく《虫の知らせ》と言って、危篤の人が親しい人に自分の死を知らせる現象があるよね。あれは体外離脱した魂がやってきてその人の魂に合図を送ることを言うんだ」

「『遠野物語』の堂突のくだりなんかはそれか。あれは、大勢の人が目撃したんだよな」

「魂は人の目には見えないから、そのうちの誰かが《虫の知らせ》を感じ取ったんだろうな。古い伝承だから、語り伝えられていくうちに誇張されてあんな物語に変わってしまったんだと思うよ……あっ！」

順一郎は自分で話しているうちに何かを掴んだ。

「この前、幽霊ってなんだろうという話をしたよね」

「おまえがどう考えてもわからなかったヤツか」

「そう、でも今わかったよ。幽霊といわれているのは、この物語みたいに肉体から離れて別のところへ行った魂のことだな。まだ生きているのに抜け出てしまった魂もそうだ。それを敏感に感じる人がいるんだな」

順一郎はひとりで納得していた。

「順、ところで魂はどうやって瞬時に別の場所に飛んでいけるんだ？」

「それは前にも言ったように魂は光で電磁波だから。電波は衛星放送みたいに世界各国に飛び回るだろう。宇宙にだって行けるのさ」

こういう話になると科学的知識に乏しい良平には反論する術が無い。そんなものなのかなあと曖昧に理解しながら最初の質問に戻った。

「臨死体験で人によって天国のイメージが違うのはなぜだ？」

順一郎は慎重に答え始めた。

「それも魂を主体に考えてもらいたいんだ。まず天国にAさんという魂がいたとするよね。天国っていうのはとてつもなく広くて、たくさんの魂がいろんな所に住んでいるんだ。Aさんの故郷はきれいな花畑と三途の川が流れている場所で、そこからこの地上へ旅立つ。だから帰ってくるのも同じ場所なんだ。それぞれ自分が住んでた故郷へ帰っていく」

「じゃあ日本人は日本的、外国人は外国的な天国を見るというのはどういうことだ。外国人に三途の川が出てきてもいいじゃないか。やっぱりこの世で生活してきた記憶が夢みたいに出てくるんじゃないのか?」

またも得意がる良平を見て、順一郎はニヤリとして答えた。

「父さん、それ反対なんだよ。三途の川の近くに住んでいた魂が日本人になる確率が高いということさ。天国で高い山に住んでいた人がアルプスの近くで生まれるとかね。魂は昔天国で自分が住んでいた所と景色や感覚が近い場所を選ぶんだよ。おれたちだって例えば外国に住む場合、日本人がいる町の方がいいだろ。もっとも、外国人でも花畑と大きな川を見たという人も多いけどね。その川を外国人は《サンズノカワ》なんて言わない」

「……それじゃキリスト教徒の臨死体験の時、キリストや聖母マリアが出てくるというのは?」

「それもその人が生まれる前に天国で聖母マリアの魂と会っていたから、この世に出てきてキリスト教を信仰するようになったのさ。とにかく全てをあの世からスタートさせると理解しやすい。この世での人間としての生活は天国で送っていた生活にかなり影響を受けているんだ」

「うーん……」

納得はしないが矛盾点を見いだせない良平は、うなりながら次の質問に移った。

「天国で亡くなった人に会うというが、その人達はその時どんな格好をしてるんだい？」

「その時はお互い魂だから、姿形よりもお互いの意識や懐かしさ、あるいは愛などの感情で認識することができる。キューブラー・ロスの話で少女が昔に死んでいて会ったこともない兄に会っても、兄妹だと認識できたというのはそういうことだね。もっとも前にも話したように、魂はいくらでも形を変えられるから、死んだその人そのものの姿になることも可能だけどね」

ここでまた一つ疑問が湧いた。

「人間同士の関係はいつまでつづくんだ？　家族は天国に行っても家族なのか？」

「死んだばかりの時は、この世で強い関係のあった人が迎えに来るんだ。その方が安心だろ。でも天国に行けばまた別の新しい関係を築くことになるんだ。結局同じようなメンツにはなるけどね」

「いやなヤツともまた会うことになるのか？」

良平は顔をしかめて言った。

「会いたくない人には会わないし、会いたいと思う人には会える。もっとも肉体を離れてしまえばあらゆる欲望や悩みから解き放たれるわけだから、いやなヤツもいいヤツになってしまうけどね」

順一郎は楽しそうに答えている。

「でもなぜ魂は肉体に入ると欲望を持ってしまうんだ?」

「逆説的にいうとあらゆる欲望は肉体が原因しているからなんだ。例えばうまい物をいっぱい食いたい、カッコ良くなって多くの異性にもてたい、遊んで暮らしたいなどという欲は殆どの人間が持っているよね。よっぽど悟った人でない限り誰しも持っている。おれだってあるよ。これは突き詰めると肉体的な本能からきているんだ。肉体が無ければこんなこと誰も欲しない。悩みなんかもそうだ。頭がハゲているとか、仕事がうまくいかないとか、これも肉体がなければあれこれ考えずに済むんだ。魂は仕事ができなくたって食べる必要ないからお金もいらない」

「ということは、この肉体ってのはあんまりいいものじゃないな」

良平は迷惑そうな顔で言った。

「いや、そうじゃないんだ。いずれ話すけど肉体は必要なんだ。問題はこれらの欲望が強すぎるとエゴ丸出しになって、酷くなると犯罪にまで進行してしまうということなんだ」

「ということは、やっぱり肉体が悪いんじゃないか」

「違う。それは自分が悪いの。肉体は大切だし本能は肉体を維持するためには必要なことなんだ。要は度を越さなきゃいいってこと」

「性善説の魂が、性悪説である肉体の欲望をいかに抑えるかということなんだな」

「まあそれでもいいや。父さんはあくまでもこの体を悪者にしたいようだな」

まるで禅問答だなと良平は思った。

「お風呂沸いているわよ」

洗い物を終えた恵理子が台所から呼んだ。いいタイミングで今晩の講義は終了した。

＊

翌木曜日、七時過ぎに良平が帰宅すると恵理子が真っ先に言った。

「植田さんから電話があって、これから来られるそうよ」

植田とは順一郎が中学生だったときの父兄仲間で、なぜか気が合い一緒に飲み歩く間柄であった。また町内の早朝草野球チームにも二人で所属し、いっしょに気持ちいい汗を流している。いわゆる親友といっていい。そんな関係ではあるがまだガンのことは伝えていなかった。

良平が着替えを終えると同時に植田はやって来た。予想通りウイスキーを携えている。

「良かったな、大したことなくて」

肺炎としか思っていない植田は威勢のいい声をかけた。良平はこれにどう応えていいのか一瞬戸惑ったが、そのまま植田を応接に通した。

テーブルには既に恵理子がビールとつまみのチーズを用意していた。

「アルコールはいいのか?」

「今のところはね。でも最近極端に弱くなってしまってな」

「天下の酒豪、北岡が珍しいな」

「植田さん、今夜はお手柔らかにお願いね」

恵理子は植田と良平にビールを注ぎながら、いつも競い合うように飲む二人を牽制した。

「ま、何はともあれ乾杯！」

二人はグラスが割れるほど強く乾杯をした。

小一時間ほど無駄話をしていい気分になったところで一息つくと、巨人ファンの植田が思い出したように言った。

「ナイターどうなってるかな」

これもアンチ巨人の良平と植田にとっては、飲むときの格好のつまみとなる。しかし良平がテレビをつけるとナイターは中止だった。

「なんだ、広島は雨かよ」

植田は残念そうに舌打ちをした。

テレビでは代替番組の心霊特集をやっていた。司会者と怪しげなコメンテーター、そして場違いの女性アイドルが何やら深刻そうな表情で番組を進行している。良平はしばらくスィッチを切らずに見ていた。

「おれはこういったものは好かんなあ」

植田の言葉に良平はピクリと反応した。

「おまえは信じないか？　この手のもの」

「ああ、こんなのインチキに決まってる」

小さい酒店を営んでいる植田は、竹を割ったような性格でメリハリのある現実的な男だった。その上自分で見た物以外は全く信じないというガチガチの頑固オヤジタイプだ。

――おもしろいかもしれんな。

良平はこの話題を植田に向けてみようと画策した。

「おれは病気で入院したせいか、最近やけにこの手の話が気になってな」

まず良平はボールを投げた。

「やめとけ。弱気になるだけだ」

植田は返球してこない。

どうしたらこのキャッチボールが成立するのか良平は考えた。

「でも植田、おまえ毎朝ご先祖様の仏壇に手を合わせるだろ」

「いや、合わせないよ」

「全くか？　一年に一回も？」

「まあ、正月くらいだな」

「なんで正月にするんだ？」

植田は面倒くさそうにビールを一気飲みして言った。

「そりゃ年頭の行事みたいなもんで、自分自身にカツを入れるためだ。先祖なんて関係ない」

「おまえ、先祖も敬わないのか？」

「そうだよ。だってもう死んでる人間だろ。見ているわけでもあるまいし」

良平はこの徹底した考えに驚いた。良平も順一郎のレクチャーの前までは完全な否定派だったが、ここまでではなかった。

「葬式はどう思うんだ？」

「葬式や法事はするよ」

矛盾しているんじゃないか、という良平の表情を見て植田は続けた。

「葬式は死者に対する自分自身の感謝の表現。あくまでも自分の気持ちを整理するためのものだ」

「法事は？」

「決まり事だからな、しょうがない。おれとしてはやらなくてもいいと思っている。考えてもみろよ。死人はもう焼かれて墓の中なんだぞ。意識の無いものに何をしたって意味が無い、要は自分自身の思いだけなんだ」

いいところに来たと、良平はなおも質問した。

「やっぱり人間死ぬと何も残らんのかなあ」

「当たり前だ。何が残るというんだ」

「魂みたいなもんがさ」

何言ってるんだという顔で植田は返した。

「あんなのは弱い人間が思ってること。死んで自分自身がいなくなってしまうのが怖いからさ。だから変な宗教にはまってしまうんだ」

「おまえは怖くないのか？」

「おお、怖くないさ。人生に悔いもねえしな、いつ死んだっていいぜ」

——いつ死んだっていい……か。

良平は、急に酔いがさめた。

植田は労うような目と苛いた口調で、考え込んでいる良平に言った。

「とにかく、怖いも怖くねえも無いもんは無いんだ。神社も寺も墓も仏壇も全部、生きてる人間の自己満足のため！　どうした？　やめようぜ、こんなしみったれた話」

これ以上、植田に突っ込むわけにはいかないと思った良平はこの話題を諦めた。二人はその後しばらく草野球チームの打ち合わせをしていたが、植田の持ってきたウイスキーの栓を開けることなくその夜は解散した。

植田が帰ると良平は湯船に浸かりながら考えた。

——植田の言っていることの方が理にかなってるよな。

葛藤があった。良平も少し前までは、植田のように天国の存在を荒唐無稽なものとして切り捨てていたが、順一郎の講義によって今は少なくとも疑問を抱けるところまでは来ている。しかし、手繰り寄せてきた糸をまた元に引っ張られるように、良平は植田の強い言葉に衝き動かされつつある。

——怪しげな新興宗教に入るのも、こんな感覚なのかな。

良平は懸命になっている息子に対して罪悪感を覚えながらもそう思った。同時に操縦の利かない船の如くふらふらと優柔不断で情けない自分を責めた。

＊

週末の金曜日は予定通り北岡良平係長の率いる第二係、梅川、土田、望月、そして良平の計四名で一席設けた。この一週間で社内では既に良平がガンで余命わずか数ヶ月ということ、それによって退職やむなしということは知れ渡っていた。よって今夜の宴会の名目は『快気祝い』から『送別会』風に変わってしまった。

上司思いの部下達が場を盛り上げてくれて良平も気分良く飲んでいたが、最後は紅一点の望月が泣きだしてしまい辛いお開きになってしまった。そのため、いつもは次へ繰り出す北岡軍団は良平の体調不良を口実に一次会で切り上げることにした。梅川に望月をタクシーで送らせて、良平は帰りの方向が同じ土田と駅まで歩くことにした。その途中で良平は言った。

「土田君、悪いがもう一件つきあってもらえないか」

「はい、私は一向に構いませんが、係長は大丈夫ですか」

土田もこうくるだろうと予期していた。

良平は昨夜の植田とのやり取りでかなり気持ちが揺れていた。天国の有無に対してはニュートラルな領域まで入ってきたと自覚していたが、植田の信念溢れる言葉の方が現実的で腕力が強く、元のスタートラインまで戻されつつある。良平の正直な気持ちとしては順一郎の肯定側に進んでいきたい。そのためには植田の否定的な意見をばっさりと切り捨てたいが、それだけの根拠も信念も無い。よってその代理作業を部下である土田に託すことにした。

土田は消極的でおとなしいが、物事を客観的に捉えて的確な判断ができる人間であると良平は評価していた。社内の会議などで議案が困窮したり論争があったりすると、土田はそれに対して論理的で納得できる折衷案を出すのが非常にうまい。問題はそれを自分の意見として堂々とその場で発言することができなくて、会議の後にこっそりと良平に進言するのみである。よって営業としてもあと一押しがいつも足りないが、顧客の信頼度は抜群に高い。その上、なによりも死後の世界の知識も持っている。そんな土田の意見が欲しかった。

良平は小路を曲がって、隠れ家『優里』に土田を連れていった。

「あら、お連れ様なんて珍しいわね」

鏡子の声が高く響く。

店のカウンターには、会社の愚痴をこぼしている二人の若いサラリーマンと、渋い声でカラオケの演歌をうなっている近所の老人の計三人がいただけで、まだ席は空いていたが話が話だけに良平と土田は一つだけあるボックスに席を取った。

「今日は何やらご密談ですか」

状況を察した鏡子は、ボトルと水割りをセットするとすぐに席を立った。

小さく乾杯をした後、良平が切り出した。

「実はおととい、君が教えてくれた本を図書館から借りて読んでみたんだ」

続けてその本の感想、それに対する息子との対話、そして友人植田の否定論に対する自分の苦悩を、包み隠さず土田に話した。

水割りに口もつけず、真剣に聞いていた土田がその口を開いた。

「私は係長のような病気を経験していませんが、係長のお立場で苦悩されているのはわかるような気がします」

こう前置きをして土田は話し始めた。

「私だって同じ状況におかれれば、死後の素晴らしい世界に期待を寄せると思います。やっぱり死を真剣に考えた時は、死に直接繋がる苦痛の恐怖よりも、死んで何も意識が無くなってしまうことの方が怖いです。家族と別れてしまうという大きな寂しさもあるでしょうし」

今まで土田は良平をあまりにも気遣うゆえに、死に対しては遠慮気味に話していたが、今夜はストレートに来ている。そして、

「私としては九割方、死後の世界は存在すると思います」

と結論をズバリと出した。

「何が根拠なんだい?」

「明確な根拠は無いです。ただ、太古の伝承や宗教から、現在生きている人々の体験談に至るまで脈々と、それも全地球規模で死後の世界のことは語られています。ある人はそれは人間の想像力と言うでしょう。だとしたら尚のこと、その人類共通の想像力自体に私は何か意味を感じてしまいます。とにかくあまりにも状況証拠、証人が多すぎるということです」

順一郎には無い土田の不確かさが、逆に良平にリアリティを与えている。

「どうしても犯人としか考えられない状況であっても、ナイフみたいな絶対的な物的証拠が出てこないということか……。なぜ出てこない?」

土田は良平の質問に苦笑しながら答えた。

「それは当たり前のことなんです。臨死体験にしても、あくまでもそれは死に近づいた体験なのであって再び生き返ってきた人の証言でしかありません。もう戻ってこない完全に死んでしまった人の状況は知ることができないんです。ここが一番のネックなんですね」

そう言われればそうだ、と良平は相づちを打った。

「たとえば、私がハワイのホノルル空港まで飛行機で行って、そのまま降りずに日本にトンボ帰りしたとしますよね。私はハワイの地は踏まなかったが、ちゃんとこの目でハワイの景色を見てきたわけです。でも証拠はありませんよね。第三者は私がハワイに行ったことを疑うこともできるんです。土産や写真があって初めて信じてもらえるんですね」

「そういうことか……。天国の写真を写してくるわけにもいかないしなあ……。永遠に証明は無理ってことか」

やや落胆した良平を見て土田は急いで続けた。

「だから逆に百パーセント天国が無いとも言えないんです。天国に代わる真犯人が出てこない限り」

「真犯人……、夢や幻想が真犯人か？」

「脳も死んでいて脳波も無いのにそれはあり得ないと思います。百歩譲って夢や幻想だとしてもあまりにもパターンが同じすぎる。人間、日中どんなに同じ体験をしても、その夜に見る夢は人それぞれ違うと思うんですよね」

「死にそうな極限状態におかれれば、みんなが同じように持っているある感覚が働くんじゃないのか？　脳が自分を助けるようなイメージを作り出すとか」

土田はうんうんと頷きながら答えた。

「そういう考え方もあるんです。死の瞬間に苦しさを消すような物質を脳が分泌するという、それによって麻薬のように体が楽になっていくという説です。死者の顔の多くが安らかなのはその瞬間が気持ちいいからだと言います」

「それか！　真犯人は」

良平は反射的に叫んでしまったが、土田は冷静に答える。

「でもこれも私から言わせれば矛盾があるんですよね。人間の持っている能力というものは何かしらの意味がある。例えば汗をかくのは体の体温を調整するためですよね。腹が減るっていう感覚も体を作るためのものです。そうすると、死の直前にわざわざ三途の川とお花畑を見せる意味はどこにあるのかと」

「それは、今言ったように苦しさを消すためだろ」

良平はどこが矛盾なのかわからない。土田は鋭い口調で言った。

「苦痛を消すためだけなら、そんなこと考えさせるより意識のスイッチを切ってしまえば一番いいじゃないですか。どうせ死んで意識が無くなるのであれば早く真っ暗にしてやった方がいいでしょう」

「……それは、生き返ってくるかもしれないから……、なんじゃないか」

「たとえ生き返る余地があったとしても、臨死体験のような映画を見せる必要は全くない。真っ暗で失神した状態でもなんら問題ないんです」

「……！」

良平は言葉を失って、グラスに半分残っていた水割りを一気に飲み干した。それに気付いた鏡子がボックスにやってきてお代わりをつくった。気がついてみると店には演歌を歌っていた老人が一人カウンターに伏せて寝ているだけだった。

「ママ、あと五分したらカウンターに移るから」

と良平が言うと鏡子は、ごゆっくりという表情を返して老人の方に向かった。

良平は話を再開した。

「でも世の中はおれの友達の植田のように、鼻から否定する人間の方が圧倒的に多いからな。もっともおれも病気になる前はそうだったがな」

「それはこう考えてください。彼らは死後の世界のことなど全く考えてはいないんです。しかしそれは無理もありません。実際こういうことを考えるのは、私のように実際にその場に居合わせたり、現実として死と直面している人くらいなものです。普通の暮らしをしている人はこんなこと考える必要もありません」

土田は少し顔を紅潮させて続けた。

「問題は、その今まで考えたこともない人がなんの疑いもなく頭から否定することなんです。これこそ何ら根拠が無い否定なんです。少なくとも肯定している人の方が勉強している分、信憑性がある。天気予報なんて当たらないとぼやいている素人より、気象予報士の方がはるかに天気には詳しいんです」

良平はもっともだと思いながら聞いている。

「だから係長は、息子さんの方に耳を傾けるべきだと私は思います。何も知らない人の意見に振り回されるなんてナンセンスですよ」

「ということは、あるのか天国は？」

すがるように良平は言った。

「ですから私は最初言ったように、九十パーセントある方に賭けます」

キッパリと言い切る土田が良平には頼もしく見えた。

「係長、希望を持ってください」

「なんか元気が出てきたよ、君のお陰だ。感謝するよ」

「いいえ、息子さんの導きが大きいんですよ。すばらしい息子さんですね」

「ありがとう」

二人には上司と部下を超えた新たな関係が出来上がった。

「ようし、これから飲み直しだ。ママ、お待たせ」

カウンターに移った良平と土田は、明日が休日のこともあり心ゆくまで深酒を楽しんだ。

ギヤは再びニュートラルに戻った。おそらく二度とバックには入れないだろう。

一週間後の金曜日、良平と恵理子は定期検査と点滴のために病院を訪れた。

自宅へ戻ってこれまで、死こそ意識してきたが余命五ヶ月という具体的なリミットを考えることは少なかった。ある意味普通で平穏な生活を送ってきた良平だが、さすがに病院の中に入ると苦悩に満ちた日々を思い出して少し落ち込んだ。

「どうですか。具合の方は？」

例によって村上医師が無味乾燥な態度で聞いてきた。よくよく考えてみると、この村上のような裏も表もない何とも読みづらい平坦な態度の方が、ガンなどの末期患者に対しては有効なのではないかとも良平には思えてきた。元気も湧かない代わりに不安も感じないからだ。

良平は慢性的に咳が出るのと体力が弱くなったことを告げたが、村上は生返事を返しただけだった。そしてそのまま検査に向かわされた。

ＣＴと血液検査を受けた後、夫婦は恐る恐る診察室に戻った。

「この前といっしょで特に病巣に変化はありませんね。転移も見られませんし胸水もありません」

ネガティブに光るＣＴの写真を見ながら村上は言った。

良平は病気が進行していないことに安堵した。自分の体調は咳と痛飲さえしなければ極めて良好で、死が近づいているという実感は無い。

――うまくいけば、ガンに勝てるかもしれない。

頭の底では治らないことを認めつつも、良平の肉体は希望的観測を抱いていた。この後の苦しみなどやって来るはずがないと。

約三十分ほど抗ガン剤の点滴を受けた後、二人は病院を出た。

「なんか、あと二十年くらい生きられるような気がするなあ」

歩きながら良平は言った。

「そうね。あと二十年なら六十五歳、おじいちゃんになってるから普通の寿命ね」

「六十五じゃ、ちょっと早いな」

「贅沢言っちゃって」

四月下旬のうららかな陽気の中、夫婦は残りわずかな時間が永遠に思えるほど幸せな散歩を楽しんだ。

日曜日の朝、河川敷で久しぶりに良平は同志が集まって結成している草野球チーム『シニアーズ』の練習に参加した。チームの母体は植田のいる商店街の店主の集まりで当初は十人足らずだったが、それぞれが知人を吸収していって今は二十人以上の大所帯になっている。良平は四年前に植田に誘われて入団した。それ以来毎月三回の練習には必ず出ていたが、発病してからはしばらく休んでいた。もちろん良平の本当の病気は誰も知らない。

「おう、病み上がり、大丈夫か？」

最年長の岡村が声を掛けてきた。太った八百屋の主である。

「ご心配かけました。もうこの通りすっかり元気ですぁ」

良平は屈伸運動をしながら答えた。

「ようし、キャッチボール開始。北岡、来い！」

キャプテン植田の威勢のいい合図で練習が始まった。

キャッチボールは最初は短い距離から段々と間隔を広げていく。心地よいそよ風に吹かれて良平は植田をめがけて思い切りボールを放った。胸の張り、腰の回転、腕のしなり、ボールを切る指先、どの感触も以前と同じ。体は全然悲鳴を上げない。

――やった！　スポーツだってできるじゃないか。

勢い余って、ボールが植田の頭上を越えていった。

「おーい、どこ投げてんだ。ったく」

植田が文句を言いながらボールを追いかけていく。良平はそれを見て笑った。

チャッチボールが終わって、内外野のノック、その後守備練習も兼ねたフリーバッティングとメニューは移っていく。外野の控え選手である良平は、フェンスの無い広い河川敷のグラウンドを走り回った。最後に五回までのミニ紅白戦を終えると、皆ヘトヘトになる。たっぷり三時間汗を流したあと、植田の差し入れの清涼飲料水で水分補給、そして解散となった。

全てのメニューをこなせたという充実感に浸っている良平に、植田が声を掛けた。

「うちに来い。また冷たいビール飲もうや」

いつものことであった。このために二人はいつも練習後の水分を控えめにしていた。良平は家に戻って着替えると、つまみを持って植田酒店に行った。

二人はキンキンに冷えたビールをがぶがぶと飲み干した。昼間のアルコールは効きすぎる、ましてや殆ど脱水状態である。早くもほろ酔い気分の植田が言った。

「おまえ、その肺炎っていうのはそんなにすぐ治るもんなのか?」

思ってもみなかった言葉だったので、良平は慌てた。

「う、うん、そうだな。でもまだ完全じゃないんだ。通院もしているし」

「いやな、昔おれのアニキが肺炎患ってよ、かなり長く入院していたことがあったんだ。それに比べると北岡の場合は短い入院だったなと思ってな」

「今は医療レベルも上がってきてるからな、すぐだったよ」

植田に嘘をつくことは忍びなかったが、機会を失ってしまった今はこう言うしかなかった。

「それならいいんだけどさ。おまえこの間、魂だの何だのとあんまり変な話をしたから、本当はガンか何かで落ち込んでいるのかと思ったよ」

植田は冗談半分で笑っていたが、良平の方は心臓が轟き、引きつった笑いを返すのが精一杯だった。ここで告白すべきなのかと迷っていたが、植田が話し続けた。

「この前、何かのテレビでやっていたが、幽霊とか魂なんてものは人間の脳が作り出すまぼろしに過ぎないって、偉い大学の先生が言っていたぜ。そんなもんなんだって。考えるだけアホらしいんだ」

植田はアドバイスのつもりで言ったのだろうが、話を蒸し返された良平の方はカチンときた。今の良平は、土田の提言のおかげで否定的な意見に揺さぶられることはなかったが、植田の言いぐさに腹が立ってきた。

「おまえが信じないのは勝手だが、信じる者をアホ呼ばわりすることはないだろう」

良平の憤慨した態度を意外に思った植田は返した。

「じゃあ北岡、おまえは信じているのか?」

良平はこの問いに正直困った。まだ心底から認めているわけではなかったからだ。

「おれも信じてはいないが、人を馬鹿にはせんぞ」

「意味の無いものを信じたり考えたりしてる人間はアホなんだ。もっと他に考えることは無いのかと言いたいぜ、まったく、暇人どもが」

「意味が有るか無いかは、おまえが決めることじゃないだろう」

「世間一般的にはそうなんだ！」

――この頑固頭はどうにもならんなあ。

と良平は思った。今までも飲んでは幾度となく他愛もない口論をしてきたが、今日は性質が違う。お互いの着地点は見えてこない。

「またやってるぅ」

店の方から娘の美加が呆れ顔でやってきた。美加は順一郎と中学校時代の同級生であり、植田に似て活発で利発な子である。今日は休日なので配達など家業の手伝いをやっていた。

「よう、美加ちゃん、またやってるよ」

「酔っぱらい同士でやめてよね。お客さんに聞こえるじゃないよ」

植田はバツの悪そうな顔をしてうつむいてしまった。

「ごめんな。おじさんもう帰るからさ」

と言って良平は立ち上がったが、美加は引き留めた。

「ちょっと待って。ラーメン取ったから食べていってよ」

気がつくと昼の一時を過ぎている。出前のラーメンが運ばれてくると、二人の中年男は猫のようにおとなしくそれをすすっていた。


その夜、良平は夕食を終えると順一郎を居間に呼んだ。

「また一丁教えてくれや」

このところいつも良平の方から話を持ちかける。その都度、順一郎は誠心誠意答えていく。今日も例のテキストを開きながら質問を始めた。

「じゃいいか、臨死体験者が天国に行くととても素晴らしくて気持ちいい、自分の家よりいい、帰りたくない、とまで感じるのはなぜだ」

「そのまんま、それだけ素晴らしい場所だからだよ」

「この世より遙かにいいってか？　親兄弟のところに帰りたくないほど」

良平には全く想像がつかない。

「前にも話したけど、気持ち良さの第一の原因は、肉体を離れたために体重から解放されたということ。無重力状態だから気持ちいいんだよ」

「それだけか」

「いや、第二に天国の気候にもよるね。いつも丁度良く温暖で景色が抜群にきれい、まさにこの世とは思えない大パノラマが地平線まで広がっている」

良平はテレビなどで記憶がある外国の大草原を想像してみた。

「第三に、亡くなってしまった懐かしい人、会いたかった人に会えたといううれしさも無視できないね」

「それはわかるなあ」

良平は宙を見上げながら、小さい時に別れた父、八年前に亡くなった母を思い出した。順一郎の世界に初めて共感できた。

「最後に、これが素晴らしさの一番の元だけど」

まだあるのかと父は身を乗り出した。

「全てのものの創造主、偉大な存在に包まれている、という幸福感が最も大きい」

「……それは神様のことか?」

「わかりやすく言うとそうだね。全知全能の神」

ここまで来ると良平も何やらさめてしまう。天国の場合は、あの世とこの世という漠然としたイメージを持つことができたが、《神》まで来てしまうと途端に懐疑的になり胡散臭さが漂う。

「はっきり言って宗教っぽいな。順、おまえ何かの宗教にでも入っているのか?」

「いや、なにひとつ入ってないよ。入っていないどころか、おれは今の宗教など全く信じていない」

順一郎は残念そうな表情を見せたがそのまま続けた。実は彼としてもこの《神》の方向へ話を持っていきたかった。

「いいかい、宗教があって神様がいるんじゃなくて、神様がまず最初にいるから宗教ができたんだぜ。とにかく発想の転換をしてくれよ」

「でもその神様を信仰する宗教の違いで、戦争が起こったりするんだぞ」

「あんなものは問題外。神様は全人類、全宇宙平等に存在するもので、宗教を信仰しているもしていないも関係ない。ただひとりしか存在しない絶対的なものさ」

なおさら良平には宗教の教義のように聞こえる。

「日本じゃ、八百万《やおよろず》の神って言って神様はいっぱいいるぞ」

「そう、その意味は石であろうが花であろうが、どんな物でも一人の神の恩恵を受けているということさ。太陽光線が地上を照らすようにね。八百万人もいるはずがない」

なかなか受け入れにくいが、良平はとりあえず話に乗ることにした。

「抽象的でよくわからないが、その神様ってのは具体的にはどんなものなんだ？」

「まず宇宙で一番最初、星よりも前に生まれた人。そしてこの地球も含めた全宇宙の仕組みを創り上げていった人。今、おれたちが空気を吸って生きているのも神様が造った仕組みによるものなんだ」

「でも、宇宙ってのは最初は何もないところで何かが爆発して始まったものなんだろう？」

良平は乾いた雑巾から水を絞り出すように乏しい科学知識を口にした。

「ビッグバンだろ。それにしたって、何かがあったから爆発が起こったんだよね。その何かはなぜ、どこから生まれたんだ。不思議だよな。だからそれと同じように神様が最初に突然生まれたって考えてもおかしくはない」

「じゃあ、神は誰から生まれたんだ？　鶏が先か卵が先かになってしまうな」

「鶏が先。とにかく最初は神様しか存在しなかったんだ。他は塵ひとつ無い」

ますます疑心が広がっていく良平が質問を続けた。

「まあいいや、でも神様は最初からいきなり優秀で万能だったのか?」

「もちろん、でそこから宇宙、地球、生物、人間と順番に創っていった」

「……人間というのは猿から進化したものなんじゃないか?」

順一郎は呆れたような顔で答えた。

「そんなわけないだろう。元々生物は全部、大昔の海にいた微生物から始まったというんだぜ。その微生物が魚になり陸に上がっていろいろ進化して人間になるんだって、考えられないよ。魚はどうしたって人間にはならないの」

「でもそれは頭のいい偉い学者達が苦労して研究した結果だろう」

「その研究の大前提としては、神なんか存在しないというところから出発しているんだ。だから様々な矛盾が生じてきて、いろんな説が出ている」

「どんな矛盾があるんだ?」

良平に少し興味が湧いてきた。

「キリンの首はなぜ長いか、という有名な例えがあるんだけれど、大昔のキリンは首が犬みたいに短い姿で化石で見つかっているんだ。でも今のキリンは首が長くて全体の高さが六メートルくらいあるよね。何でこんなに首が長くなったんでしょう」

「それは高い木の葉っぱを食うのに都合がいいからだろう」

順一郎はこの答えに苦笑して言った。

「いや、だからその都合のいいようにどうやってキリンが首を長くしていったかということなんだ。最初は首が短かったんだぜ。その首を上に向かって伸ばせば単純に長さが伸びるもんでもないだろう」

「それは、代々に渡って除々に長くなっていったんだろう」

「それはそうなんだけど……。どうすると伸びるのかということなんだけど」

話がかみ合わないと感じた順一郎は自分で進めることにした。

「今主流になっているダーウィンの進化論でいくとこうだ。首の短いキリンの中に突然変異で首の少し長いキリンが生まれる。そのキリンは他のキリンより首が長いから、その分高いところの餌を食べられるし、遠くにいるライオンなどの天敵を早く見つけて逃げることができる。そのため、このキリンは他のキリンより生き残る可能性が高くなるよね」

「そこまではわかる」

「そうすると、このキリンの首が長いという特質は子孫に遺伝しやすくなって、そのうちに首長の方が多くなって主流になる」

良平は必死についていこうと、順一郎の方へ首を伸ばす。

「今度また、そのキリン達よりもう少し首の長いキリンが突然変異で現れる。すると同じように今度のキリンの方が生き残れて、その長さが普通になる。そしてまたそれより少し首が長いものが生まれてきて……という具合にこの自然淘汰の繰り返しで長い年月をかけて現在の首の長さになったという説なんだ」

「より生きる条件のいい形が残ったということか」

「そうだね。でもこの説にはいろいろ問題があってね、例えばこれでいくとキリンの首は代々かけて除々に長くなっていったということだよね。少し大雑把だけど一メートルが二メートルに、二メートルが三メートルにという具合に」

順一郎は縦に両手の間隔を伸ばしながら説明した。

「ということは、今キリンは高さ六メートルだけれど、三メートルのキリンも過去にいたということになるよね」

まあ当たり前だな、と良平は思った。

「ところが、三メートルのキリンの化石はどこにも見つかっていないんだ。二メートルのも四メートルのも無い。あるのは最初の首の短い化石だけ」

「まだ見つかっていないだけじゃないのか?」

「それもおかしい。キリンだけじゃなくて例えば象なんかもそうだけど、鼻の長さが中途半端な象なんかは見つかっていないんだ。進化したと言うのはいいけれど、どんな生物でも進化したといわれる元の生物との間の進化途中の化石はどこにも見あたらないんだ」

「すると、最初の首の殆ど無いキリンから突然六メートルのキリンが生まれたということか？」

「そう考えられるね。環境の変化に応じて、それに合致した種が突如生まれるんだ。他にも様々な説があるんだけれど、とにかくこれといった有力な説は出てきてないのが現状なんだ」

「それで神様の話はどうなった？」

良平は本題に戻した。こういった話は広がる一方になる傾向がある。

「結論は、神様がいきなり首の長いキリンを地球上に造った、ということだ。昔のキリンとは関係無しに。だから、人間も最初から人間、猿は猿」

「……パッて手品みたいにか？」

「パッてことはない。苦労して造り上げるんだ」

「とても信じられんなあ」

この件に関しては、良平には全くの眉唾ものであった。

——後で、土田に聞いてみよう。

今や土田は良平の重要なブレーンになっていた。

「それで、その神様は天国にいるのか？」

「いや、天国だけじゃない、全宇宙にしみわたるように大きく存在している。もちろん地球にも届いているよ」

「でも天国に行くと、神を感じるんだろう？」

順一郎は首を振って答えた。

「この地球上でも十分感じることはできるんだ。でも、当たり前すぎて不感症になっている。どんなにうるさい騒音でも、慣れてくると聞こえなくなるだろう、それと一緒さ。神はすぐ近くにいるんだ。意識すればわかる」

「……わからんなあ」

「じゃあ見方を変えてみよう。例えば、今おれ達は空気を吸って生きているよね。これも偶然なんかじゃなくて、神様が造ってくれた仕組みによるものさ。農作物が芽を出して実るサイクルもそう。そのおかげで我々は生きていくことができている。太陽が暖かいのも、雨が降るのも、花粉が舞うのも、ミミズがいるのも、全てが規則正しい仕組みで動いている。素直にそう考えていくと身近に神様を感じることができるはずだ」

「そう言われればそうだけど……」

「大昔の人は、これは神様からの恵みだと純粋に感謝していたんだ。現代人はなまじ知識があるから、これはこういう具合に動いているという理屈をつけたがる。例えば地球はなぜ回っているかもそう。慣性の法則とか言うが、その自然の法則はいったい誰が造ったのか。誰が最初に回し始めたのか」

「おまえの言っていることはわかるが、それが自然というものじゃないのか」

「だから、その自然はどうして都合のいいようにできているのか、ということさ。何者かの意思を感じない？」

「何者かの意思か……。うーん、少し考えてみる」

今夜の講義はここで終了した。

夜空には、地球を操る白い月が陰りながらひっそりと光っていた。

＊

会社における良平の引継作業は順調に進んでいた。

空いてしまう係長職は、主任に昇格した梅川が代行することになった。残るは担当していた得意先を部下三人に渡すだけだ。

「梅川君、いろいろ迷惑かけるな」

良平は引継書類に目を通している梅川に謝った。

「いやあ、とんでもないです。自分としてもやり甲斐がありますよ。でも係長、五月いっぱいというのは早すぎるなあ。そんなに元気なんですからもっといてくださいよ」

「そりゃ本音か？　ははは、でもありがとう。もう未練は無いよ」

良平は退職を五月二十日と決めていた。先週末から体調がすこぶる良く、あと一ヶ月足らずしか出社できないことに無念さも感じる。しかし一人の男としてキッチリ筋は通していくことを第一義と考えていた。

「係長、では、同行お願いいたします」

土田が呼びかけた。今日は土田に得意先を渡す予定になっていた。


午前中に二件の引継を終えると、二人は昼食をとるために蕎麦屋に入った。昼には少し早い時間で席はガラガラだったが、無理を言って小部屋に通してもらった。もちろん良平が土田からレクチャーを受けるためだ。話の性質上、あまり人に聞かれない方がいい。

良平は天ざる蕎麦を二つ注文すると話を切り出した。

「土田君、またひとついいかな」

「どうぞどうぞ」

最近この二人が差しになれば必ずこの話題になっているので、土田も予想しており楽しみでもあった。

「実は日曜日な、順一郎のやつが今度は神様の話をやりだしてさ」

と、例によってその内容を一通り話した後、土田に意見を求めた。

「私も神のようなものは存在すると思います」

いきなり結論からきた。

「その根拠は？」

良平はなぜか急かしている。土田は熱いお茶を一口飲んで始めた。

「大まかには息子さんの意見と一緒です。それ以上申し上げることはあまりないんですが……何か例を出しましょう」

と言うと、土田はしばらく適当な事例を頭の中で探り、閃いたように話し始めた。

「例えば蜂の一種でヒメバチというのがいるんです。このヒメバチのメスは長くて細い針のような産卵管を持っていて、それを地面に深く射し込んで地中にいる芋虫の体内に卵を産み付けるんです」

「注射のようにか?」

「そうですね。そしてこの芋虫の中で産まれたヒメバチの幼虫は、栄養を摂るためにこの芋虫を体内にいながら食べてしまうんです」

残酷だな、と良平は顔をしかめた。

「ヒメバチとは何ら関係の無い芋虫にすればたまったもんじゃありません。問題はこのときヒメバチの幼虫がとる行動なんですが、非常に驚異的なんです。この幼虫はサナギになるまで芋虫を食べ続けるわけなんですが、その間芋虫を殺さないんですね」

「どういうこと?」

「ええ、つまり芋虫を殺さないように生命には関係の無いところ、例えば脂肪分とかを食べていくんです。決して致命傷となる内臓などは食べない」

「はあ、それは凄いな」

「凄いでしょう。こんな行動をどうやってヒメバチは獲得していくのか、まさか芋虫と相談して決めたわけでもないでしょう」

良平は順一郎の言った進化のパターンを思い出してみた。

「これを突然変異で説明するにはかなり無理があるんです。こんな複雑な行動はよほどの偶然が重ならないとありえないんです」

ここで、注文した天ざるが運ばれてきた。二人はつゆに薬味を入れると蕎麦を一口ズルッとすすった。

「ということは、生物の意志で都合のいいように進化するんじゃないのか？」

良平はあまり深く考えず思いついたままを口に出す。

「うーん……、それも難しいと思います。例えば昆虫などの擬態というのがありますよね」

「虫が天敵から身を守るために植物なんかに化けることだろ」

「そうです。これも驚異なんです。木の葉そっくりなコノハムシを例にとってみます。何が驚異なのかというと、このコノハムシが進化の中で体の色や形を変えて枝に似せるとき、彼自身は自分がどのくらい緑の葉っぱに似ているのか、ということを確認できないんです」

「そうだよな」

良平はサクサクの天ぷらを食べながら相づちを打った。

「もうちょっと背中を黒っぽくしろ、なんて誰も教えてくれないわけです。アメリカの動物行動学者ライアル・ワトソン博士の著書によると、これらの進化は目隠しした人がルービックキューブの四面を全て合わせようとする問題と一緒である、と言うんです。目が見えないと自分が動かしているキューブが今どんな状態なのか確認できないですからね」

「でもそのうち完成するだろう」

「ところが目が見えない状態で、手当たり次第操作して六面全て色をそろえるには、地球の年齢の三百倍の時間がかかるそうなんです」

良平は言葉に詰まった。

「それでなんとか完成したとしても、本人はその完成したということさえも知ることができないわけですから、また崩してしまうかもしれないですよね。誰かが『それで良し』と言ってくれない限り」

「じゃあ、どうやって進化したんだ?」

「わかりません。ただ言えることは擬態にしろルービックキューブにしろ、第三者が見ていてアドバイスをしてくれれば可能ということです」

しばらく二人は考え込みながら蕎麦を食べていたが、土田がまた何かを思い出した。

「われわれの体も凄いことだらけですよね。免疫なんかもそうです。血液中に細菌やウイルスが侵入してくると、体の免疫システムが働いて抗体を作りそれをやっつけてしまう。細菌だけではなくて他人の皮膚や臓器を移植するときも拒絶反応するんですよね」

あまり食事時の会話には向かないと思いつつも土田は続けた。

「ところが、自分自身の臓器には当然のことながら拒絶しないんですよね。要は自分でないものを排除しようとしている。なんでも一億種類以上の侵入者を区別できるらしいんです。で、『はしか』みたいに一度抗体を作ったものは体が記憶していてその後その病気にかからないんですね」

「そんなことおれ自身は全然意識しなくても、自動的にやってくれているんだもんな。考えてみれば凄いわな」

「そんな免疫システムで不思議なのは、体に大量に異質なものが入ってきても拒絶反応を起こさない場合が一つだけあるんです」

「何だ、それは」

「妊娠です。他人である夫の遺伝子が半分存在する胎児が体に入っているということは、他人の臓器と一緒で拒絶してもおかしくないんですが、実際には母親はそのまま平然とお腹に宿し続けますよね」

「うまいことできてるなあ」

良平は目の前でレベルの高い手品でも見せられている感じがした。

「遺伝子っていえば、ＤＮＡなんてもっと凄いです」

土田はどんどん撃ち出してくる。

「私だったら私の目の色、髭の濃さ、足の長さ、声の質などの何十億というありとあらゆる体の情報を設計図にして一個の細胞の中に収めています。何十兆個とあるこんな小さな細胞一つ一つに全て同じ情報が入っているんですよ」

良平はただただ関心して聞いている。

「そして細胞が分裂して増えるとき、その何十億という情報を正確にコピーするっていうんですね。どんな小さな切り傷でも治るときは新しい細胞全部にその情報をコピーする、私が命令しなくてもですよ。信じられません」

「神業だな……」

良平はポツリと呟いた。

「ですよね。まだまだ例をあげればキリがありません。世の中の全てのものが実に精巧精密に作られています」

「全部、長い時間かけてきた進化の結果なのか？」

「そういうことになっています。そうでもないと説明つかないですからね。でも、このような完成品になるまでには気の遠くなるような数の偶然の積み重ねが必要になります」

土田は最後の一口の蕎麦を飲み込んでから、慎重に言った。

「私はそんな偶然の積み重ねより、まず神のような創造主が突然現れた、というたった一つの偶然の方が合理的だと思うんです」

良平は目を見開いた。

「例えば、無人島の砂浜にモナリザの絵が描かれていたとしますよね。それを風や波の作用で偶然出来上がった、と考えるよりも人間がそこに行き砂をいじってモナリザを描いたと考える方が合理的ですよね。海の生物が進化して陸に上がったというのはまだしも、陸を歩いていた生物が空を飛べるような鳥になるなんて、とても私には信じられません。とにかく何かの意思、知能を感じています」

「そうだな……」

「進化論は進化論でいい。でもなぜ生物は都合良く進化する方向に行くのか、という根源的な問いには誰も明確に答えられません。ということは進化そのものも神の営みと考えることも可能なんです」

「全ては神様の意思だと……」

「神という言葉を使うから混乱するのかもしれません。私は大自然と神とは同義語だと考えています。自然が意思を持っていると言った方がいい。要はコノハムシの擬態が偶然にできあがったか、それとも誰かが造ったものかは見方によるんです」

土田は空になった碗を目の前に置いて言った。

「この碗はテーブルの上に置かれていますが、地球の引力に引っ張られてテーブルに貼り付いている、という見方もできますよね」

良平はその碗をじっと見つめた。

「そう思うと、このざるも唐辛子の容器もテーブルも私達も全部が、下に貼り付いているように感じます。感じるどころかこれは正しいことなんです」

「そうだな。確かにそう感じるな」

「それと同じように、全てのものを神が造ったと思えばそう見ることができるんです」

良平はわかったような気がしてきた。

「土田君は全面的に神を肯定するんだな」

「神のようなものをですね。呼び方は何でもいいんです。親しみを込めて『太郎さん』でも構わないと思います」

土田にしては珍しく冗談を言ったため、良平は茶化した。

「太郎さんが宇宙を造った……、か。あんまり有難味が無いな」

土田は照れ笑いを浮かべた。

最後に運ばれてきた蕎麦湯を飲みながら、良平が言った。

「この蕎麦湯は血液をサラサラにしてくれるんだそうだ。これも太郎さんが開発したものか?」

「その通りです。蕎麦が『人間の血をきれいにしてあげよう』なんて思っていないでしょうからね」

「もっともだ」

話をうまくまとめると二人は蕎麦屋を出た。

この時間、良平は土田の話を楽しく聞くことができた。そして神について純粋に考えられるようになっている。徐々にではあるが確実にニュートラルから前進に矢印は向いてきた。

良平はまたもや一回り以上年の若い土田に助けられた。

＊

翌日の午前中、会社でデスクワークをしていた良平の携帯電話が突然鳴った。

「も、もしもし。わたし……」

恵理子だった。声が震えている。

ただごとではない予感がした良平は答えを急かした。

「美加、美加ちゃんが交通事故で死んじゃったって」

「なにっ！」

良平の全身は、周りの空気を震わせるほど強く脈打った。

植田美加、良平の友人植田の娘である。今朝登校中に、突っ込んできたトラックにはねられた。

すぐに病院に運ばれたが、時既に遅しで即死状態だった。

良平は、上司である井上に事情を話して午後から早退し植田の家に駆けつけた。店の前ではすでに葬儀の準備で人だかりができていた。その中をぼさぼさの頭で駆けずり回っている植田を認めたが、良平はそのまま人混みをかき分け家の中に入った。居間には目を真っ赤にした恵理子が待っていて、良平を少女が眠る部屋へと案内した。

部屋の襖を開けると、美加の弟である中学生の健太が黒い学生服姿で正座をしていた。その傍らに美加が柔らかな西日を浴びて横たわっている。健太は良平の方に一瞬顔を向けたが、何も言わずに首を戻した。良平も無言のまま美加の枕元へ座り、その高い鼻が隠れている白布を両手でゆっくり取り去った。

——美加ちゃん……。なんて穏やかな顔だ……。

唇脇に小さい傷は残っていたものの、何ら痛みも苦しみも表現していない。鼻筋の通った真っ白で美しい顔がうっすら微笑んでさえいる。それを眺めて良平はなんだかほっとした。そして両手を合わせて目を瞑ると、わずか二日前に植田との口論をたしなめたときのふくれた顔、その後にラーメンを勧めてくれたときの優しい笑顔が良平の脳裏にクッキリと浮かんできた。

その時、良平の体が急激に熱くなった。それに続いて美加への強烈な愛情がこみ上げてくる。友人の愛娘だからというのではなく、意外にもそれは一人の女性に対するものだった。

——ばかやろう、おれを残して何で先に行ってしまうんだ！

良平は、まるで自分のもののように悔しがった。健太がこの場にいなければ、おそらくその亡骸にむしゃぶりついていただろう。

良平と美加とは、順一郎が中学一年の同じクラスになったときからのつき合いである。母親が出ていってしまった植田家では、美加が妻や母代わりになって店の手伝いから家事、それに弟の面倒までこなしていた。気っ風のいい女の子で、元気にビールケースを持ち上げる姿が頭から離れない。そんなことで、家族ぐるみのつき合いをしている良平には美加は植田の伴侶のように見えていた。

それがなぜ今、こうも切なく愛おしく想えてならないのだろうと良平は混乱した。死への悲しさとは異質なものだった。あるいは以前から抱いていた感情とも思えてきた。

――くそっ、どうかしてるぜ、おれは！

良平は必死にこの想いを打ち消そうとした。

そこへ、襖を思い切り開いて植田が入ってきた。悲しみを紛らわすように気ぜわしく動いていた植田だったが、良平を見つけるとその場で崩れるように跪いた。

「おれにできることがあれば、何でも言ってくれ」

なんとか自分を取り戻した良平は、一番苦しんでいるはずの友人にそう伝えた。

座ってうなだれている植田は、顔を一度も上げることなく肩を震わせた。そして両手をついて御辞儀をした。良平も深々と頭を下げると静かに部屋を出て、そのまま一旦家に戻った。

学校に入った恵理子からの連絡で美加の死を知った順一郎は、部活を休んで帰路を急いでいた。

途中、公園にさしかかると例の老人が待っていた。

「おじいさん」

立ち止まって何かを訴えようとしている順一郎に老人は先に答えた。

「大丈夫じゃよ。あの娘さんは無事に昇っていったよ」

「そう、良かった……。ありがとう、おじいさん」

少年は礼を言うと走り去った。

家で待っていた良平は、順一郎が帰ってくると一緒に通夜に出かけた。


晴れた夜空に、珍しく星がきれいに見える。月が光を遠慮したせいだろう。

通夜が終わって一段落すると、良平と植田は路地に出た。

「タバコ、一本くれないか」

少し落ち着いてきた植田が無心したが、良平は病のためにタバコを断っている。諦めた植田は大きく息を吸い込むと、天空の大宇宙を見上げて言った。

「美加のやつ、おれに死んだことを知らせに来たんだ」

良平は黙って頷く。

「何となくわかったんだよ、側にいることが」

肩の力が抜けた本心からの言葉だった。

「美加は、生きているよな」

「当たり前だろ」

良平は何ら迷うことなく心底から答えた。二人の会話はこれだけである。

小さい風がゆっくり吹いてきた。


帰りの夜道を歩きながら、良平は順一郎に聞いた。

「美加ちゃんは今頃、どこにいるんだろうな」

「もう昼には天国に着いているはずだ。好きだったばあちゃんに抱かれてすごく喜んでいるだろうな」

「ああ、いつも死んだばあちゃんの話ばっかりしてたもんなあ」

今夜の良平はいつもと違う。

「そんなにいい所だったら、美加ちゃんもう戻ってこないだろう」

「そうさ、寂しさなんか無縁の世界だからね。この世に残されたおれ達だけが、もう二度と会えないという感傷を持つだけで、美加は今そんなことこれっぽっちも思っていないよ」

「案外、薄情だな」

前を歩いていた順一郎は、立ち止まって良平を振り返るなり言った。

「そんなことはないさ。だって美加はいずれ植田のおじさんと再会できることを知っているからさ、寂しくなんかないんだよ」

「そうだったな」

「永遠に会えないと思うから苦しいんであって、先に行って待ってると思えばなんともない」

「植田にすれば、娘を嫁がせたようなものか」

「まあまあの喩えだけど、確実に違うのは行ってしまう嫁は悲しくないということ」

「じゃあ、おれの方が植田より先に幸せいっぱいの美加ちゃんと会えるわけだ。向こうでまた飲んべえオヤジって叱られると思うと楽しみだな」

良平は恋人との再会を待ち侘びるように、喜びを隠さず表した。

「順、おれ、感じるよ。天国をさ」

良平は遂に認めた。

順一郎に折れたというよりも、ごく自然に信じられる。

「父さん、やったな！」

順一郎が小さな叫びをあげた。

「美加ちゃんに何か伝えることはないか？」

調子に乗る父に、息子は呆れた様子だったが、軽口で答える。

「好きだった、とでも言っといて」

悲痛な一日だったが、最後に良平は不思議な幸福感に包まれた。死に直面する当事者とその家族が、皆こんな感覚で向き合うことができたら素晴らしいだろうな、とまで思えた。
家に着くと、先に帰っていた恵理子が「お疲れさま」と出迎えた。
清めの塩なんか撒かない。死者に失礼だろう。

ふるさとへ

ゴールデンウィークを利用して、良平の生まれ故郷である新潟へ家族揃って行くことになった。身寄りが無くなっている良平は、地元の同級生に頼んで海の家を借りてもらい、そこに一週間ばかり滞在する予定になっている。

出発日の朝、地面を叩くほどの大雨にみまわれた。

――おっ、少し楽になったな。

昨夜、良平は高熱と強い咳を発し、病院から自宅へ戻って以来最も苦しんだ。薬を服用し寝付けたのは深夜の三時過ぎだった。

「どう、あなた」

先に起きていた妻の恵理子は心配そうに目が覚めた夫に聞いた。良平はむっくりと体を起こすと明瞭に答えた。

「全然大丈夫だ。これなら行けるな」

依然として咳は出るが昨夜と比較すればかなり治まっていて、熱も退いている。

「でも、大事をとって止めましょう。心配だわ」

「頼む、恵理子、行かせてくれ。海の家はやっと借りてもらったんだし、それに……、これで行けなければもうチャンスは無いんだ」

良平にしてみれば、具合が悪化していることを感じているだけに、逆に急がなければならなかった。恵理子はこの夫の懇願で折れた。

順一郎も起きてきて家族で身支度を終えると、良平の運転する白いセダンで出発した。連休中ではあっても帰省ラッシュを避けたため、道路は思いのほか空いていてスムーズに高速道路のインターから関越自動車道に乗ることができた。

埼玉県に差し掛かるころ、朝からの雨は激しさを増しワイパーの回転速度が追いつかないほどになっていた。

「うおっ、あぶねえ！」

今まで見えなかった前方の車が急に減速し、赤いテールライトが雨のカーテンの中から突然現れたため、良平は大慌てでブレーキを踏み込んだ。幸いスリップはしなかったが、車内は凍り付いた。

「あなた、寝不足じゃないの。私が代わるわ」

助手席の恵理子が胸をおさえながら不安気に言った。

「いや、今のは雨のせいだ。母さんじゃもっと危ないよ」

後部座席で順一郎が冷静に分析する。

たまらず近くのサービスエリアに駐車すると、休憩も兼ねて雨が落ち着くのを待った。

「でも、たまにこれくらいの雨が無いと首都圏三千万人は干あがってしまうんだろうな」

売店で買ってきた温かい缶コーヒーを飲みながら良平は言った。

「そう、毎日まんべんなく降らすわけにもいかないからね。多少迷惑でも我慢しなきゃな」

順一郎は窓から空を見上げて言った。

「この雨も元はといえば海の水なんだろ？」

「そうだね。海水が蒸発して雲に乗り、陸に戻って雨になる。そしてその雨水が川に流れてまた海に帰っていく……。この長大な旅の繰り返し。しょっぱい海水が旨い飲み水になるんだから凄いよな。このコーヒーだって元は海の水」

「確かに良くできている」

良平は缶の飲み口から残っているコーヒーを覗き込みながら、先週土田と語り合った《神》のことを思い出していた。

「これも神様が造った仕組みだな」

「おっ、父さん、神様まで信じるようになったのか？」

順一郎は驚いて後部座席から良平の方へ身を乗り出した。

「ああ、会社に優秀なシンクタンクがいるからな。おまえの言ったことを丁寧にわかり易く解説してくれるんだ。順の言うことが英語だとしたら、それを日本語に訳してくれる翻訳機みたいなもんだな」

「でも最近理解が早いわね。素直になったのか、それとも元々単純なのかしら」

恵理子が冷やかすと、良平は口を尖らせ応戦した。

「努力したんだよ」

そうこうしているうちに、雨足が少し衰え前方が見えるようになってきている。シートベルトをカチッと締めると再び出発した。

一時間ほどすると車は群馬県の山間部を走っている。雨は止まないが、空を飛んでいるような高い位置から眼下の町並みが白く煙って見える。やがて完全に三国山脈へ入り込み、車はいよいよ新潟県境の関越トンネルに突っ込んだ。

入るとなかなか出られそうにない長く続くトンネルである。気がつくと恵理子と順一郎は首を傾げて眠っていた。静かな車内で一人良平はあることをイメージした。

――天国までのトンネルとは、こんな感じなのかな。この暗い場所を出ると、その向こうにあるものは昔懐かしいふるさとだ。条件はそっくりではないか。

それにしても長い、こんなに長かったかな。

何度もこのトンネルを通っているはずなのに、永遠に出られないような感覚に陥った。

後ろから一台の車が追い越していった途端、遠くに光が見えてきた。その光に段々と近づくが不思議と出口が見えてこない。おかしいなと思いつつも進んでいくと緩いカーブにさしかかった。

するといきなり目の前に丸く巨大な出口が現れ、迫りくる陽光に目が眩んだ。

「出たぞ！」

良平の叫びにより寝ていた二人は起こされた。

関東とは対照的にスカッと晴れ渡っていて、太陽を久しぶりに拝んだ。道路の前後左右は高い山が側まで迫ってきて、緑の壁が進行方向を隠す。ただ白い道だけが川のようにゆっくりとくねって遠くの眩しい新緑に吸い込まれている。

どこまで行っても山懐の前方に、小さくぽつんと空色の物体が現れた。

「あれ、マンションじゃない？」

恵理子の問いかけと同時に周囲が拓けた。まわりの山々が退きはじめ、代わりに黄色、ピンクと色とりどりの派手なビル群が迫ってきた。バブル期、雨後のタケノコのように次々と建設された越後湯沢のリゾートマンション達である。

それらが林立する中をしばらく走っていくと、益々山は遠のき勇ましいその全景を誇示し始める。その先には家が混み合う町が待っていた。

――六日町だな、懐かしい。

この町には、昔、母の身内がいて良平は小さい頃よく連れてこられた土地だった。

さらに《飛んで》いくと山はもっと離れて、その足もとにかたまる集落を見せる。東西の山と山の間には、たっぷりと水を張った田圃が湖のように広がっている。青い空と白い雲達はその湖を鏡にして、大地にも姿を映し出していた。

「きれいね。何度か新潟には連れてきてもらったけど、今日は特にきれいだわ」

「うん、この魚沼地方の米はこれだから旨いんだろうな」

緑も水田も、そして空さえもこの時期から一生が始まる。そんな自然達の青く若い盛りを良平は目にしっかりと焼き付けた。

三十分も進むと、今度は広大な越後平野に出る。田園風景は一段と羽を広げ地平線まで続いていた。その先にあるのは海である。扇形に広げた足の太股からつま先までのように、ここまでずっと付き添ってきた山並は完全に遠くに去り低くなっていた。

『腹減った』の順一郎の合図でパーキングエリアに入り遅い昼食をとった。旨い米と空気を腹一杯に詰め込むと次のインターで高速道路を降り、草に囲まれた下道を生まれ故郷の海に向かってあと一息とばかりに走らせた。


一時間後、遂に村に入った。車を減速しながら良平は周りを見渡す。お寺の向こうに見える火の見櫓、小さな山の麓にある赤い鳥居、その先の石段、道の脇を流れる小川とそれに架かる小橋等々、昔から何も変わっていない風景だ。五年前と比べて違うのは、子供のころよくジュースを買いに行った酒屋がコンビニに変わっていたくらいなものである。一家はすぐに良平の幼なじみで今回世話になる野本浩介の家を訊ねた。

「おう、良ちゃん、どうしてたや」

外で農作業場をしていた大柄で筋肉質の野本が、強面を崩しながら出迎えた。

「なんとか生きてたよ。今回は世話になるけどよろしくたのむな」

恵理子と順一郎も頭を下げた。三人は家の中に通されお茶をもらった後、野本の運転する軽トラックに誘導されて海の家へと向かった。

坂になっている細い村道を登りきると、眼下に息を飲むほどの海が広がった。日本海である。その向こうには薄く青く細長い佐渡ヶ島が浮かんでいる。車内にまで入ってくる潮の香りをなめると、良平は母の匂いを思い出した。

――母ちゃんも連れてくればよかったなあ。

良平は仏壇の遺影を一緒に持ってこなかったことを悔やんだ。

海沿いの道路まで下り、そこから少し入ったところが狭い駐車場になっている。車を降りると今度は徒歩で二、三分坂を登り、ようやく海の家に辿り着いた。

それは海を見下ろす高台にある、鉄筋コンクリートの立派な一戸建てだった。中に入ると、システムキッチンや洋風の寝室、海を眺められる展望風呂まで完備されている。野本の知り合いである不動産屋のオーナーが所有しているものらしい。寂れた山小屋をイメージしていた良平達は度肝を抜かれた。趣こそ薄れるものの、これから一週間の快適な生活を想像すると快感が走った。

「野菜、ここに置いてくから」

と言って野本は、大きなスーパーのビニール袋一杯に詰め込んだ自家製の野菜類を、キッチンのカウンターに上げるとそのまま帰っていった。一家は近くの魚市場で新鮮な魚介類を買い込むと、夕食の準備に取りかかった。

「おお、凄いぞ。母さん、順、来てみろ」

二人はキッチンから良平のいる広いバルコニーへ飛び出した。

「うわぁ、なにこれ」

「へえー、きれいだな」

手前の浜辺際から海がちらつき、沖にいくほどその密度が増して水平線までキラキラした光の道ができている。その先に浮かんでいるのは、細い雲を土星の輪のように従えた真紅で巨大な太陽であった。茜色の潮風が三人の顔に吹き付ける。

「大きいな……」

遙か遠くにも拘わらず、すぐそこに迫ってきている圧倒的な存在感を示すこの天体は、夕日と名を変えて海に浸かり始める。そして、ゆっくりではあるが目で追えるくらいの速さでその姿を沈めていった。半分を過ぎるとよりその速さは増し、最後はなかなか隠れない一端を横に一条輝かせると、フッとろうそくが消えたように水平線下に隠れた。辺り一面にオレンジ色の暗さとお供の雲を残して、この壮大なミュージカルはこの日の幕を閉じる。

パチパチパチと、順一郎が拍手をした。

「そんな気分だな」

良平も満足して答えた。昔はいつも見ていた光景だったが、今日は別の物のように感じられた。

「これから一週間、毎日これを見られると思うとうれしいわね」

三人は余韻を楽しみながら、それぞれ途中だった作業を再開した。


新鮮なカニをメインにした夕食を終え、家族はリビングのソファでくつろいでいた。

「今日は天国へ来たような一日だったな」

良平は今日ここまでの道程で自分が感じたことを二人に話した。

「でも、こんなところまで来てそんな話してもいいの」

順一郎は気を利かせたが、良平は始めたかった。

「構わないさ。逆に今ここだからこそ実感か湧くんじゃないか」

「そう、じゃあ遠慮なくやれるな」

「私も聞いてるわ」

こうして今夜の親子討論会は始まった。切り出しは父である。

「今日、車を運転していて思ったんだけど、この自然の木や花は死ぬとどうなるんだ？　人間のように天国に行くのか」

「行かない」

間髪入れずに答える順一郎。

「じゃあ植物には魂は無いのか?」

「ある。あるけれど人間のとは考え方が違うんだ。昆虫や動物もそう、つまりこの地球上で人間だけ特殊と言った方が早いかな」

「どう違う」

「まず、動物や植物は一つ一つに魂が宿っているんじゃなくて、全部共通の大きな魂で生きているということなんだ」

「じゃあ、みんな同じことを考えているのか」

「それもできるし個別の意識もある。ある限られた群のような集団で同じ意識を持つことも可能なんだ。いろんなチャンネルに切り替えができるんだね」

「それで鳥の群は、あんなに整然とした編隊を組んで飛べるわけね」

恵理子が適切な例えを示した。

「そうだね。渡り鳥の群が突然クルッと一斉に向きを変えられるのも、群の全員が一つの意識で動いているからなんだ。次は右、次は左ってね」

「生物の種類が違っても共通の魂を持っているのか?」

「その通り。極端にいえばクジラとひまわりとかね、交信できるんだ」

良平は何かを見つけたらしく目が輝いた。

「おかしいじゃないか。それだったらアフリカのライオンがシマウマを襲って食べてしまうのはどうしてだ。同じ意識同士の仲間だろう、矛盾だ」

してやったりの表情で息子を問いつめる父。良平は天国を認めただけに今度は徹底して探求してみたいという衝動に駆られていた。

「それはちゃんと説明できるんだ。そのためには、ガイアのことを説明しなくちゃいけないな」

「ガイア？　どっかで聞いたことあるな」

「地球そのものが生命体ということだよ。おれたちの住んでいるこの地球は単なる土や岩の塊なんかじゃない、意識を持った巨大な生物なんだ」

良平にも恵理子にも全く理解できない内容でもなかった。

「現に動いてるからな。くるくる回ってるし」

「それよりも、火山の噴火や温泉のほうが生き物という感じがするわ」

夫婦は思いつくままにあげていった。

「例えば、今朝話した海水から雨になるというサイクルも、人間でいえば血液循環の働きに似てるだろ。大地に栄養を運ぶ川が血管でさ」

「心臓はどこだ？」

「大気だよ。海から水を汲み上げて雨として送り出すポンプの役目をしてるから」

「何を食べて生きてるの？」

恵理子が根本的な質問をしてきた。

「太陽光線さ。この光を吸収し植物が成長してそれを動物が食べる。その動物の排泄物を微生物が分解して土の栄養になる。土に栄養があれば植物も良く育つ……。太陽から全ての食物連鎖が始まって、ガイアの肉体も肥えてくるんだ」

「なるほど……。それじゃ脳味噌は?」

「脳は地球内部の核だ」

良平はさらに突っ込む。

「魂は?」

「ある。人間と同じように地球の隅々まで行き届いている」

ここで順一郎は話を戻した。

「ここまできたら、さっき父さんが言った動物の殺し合いの説明がつくんだ。動植物はガイアの魂の一部なんだね。だからガイア本体を生かすため、食物連鎖を維持していくためにあるものがあるものを食べるという行為は当たり前のことさ」

「だったら、食べられる側はなぜ逃げるんだ。おとなしく体を捧げればいいじゃないか」

「それをやってしまったら逆に連鎖は成り立たなくなるのさ。シマウマがみんな『さあどうぞ、私を食べて下さい』ってしたらシマウマという種類は無くなってしまう。そうするとシマウマが食べる餌が増え過ぎてしまってバランスが崩れるのさ。だからある程度、逃げたり抵抗することによって上手に調整されているんだ。そしておもしろいのは、いざ捕まってしまった動物はまだ動けるのに思ったほど抵抗しないで、おとなしく食べられている場合も多いんだ。ここで初めて身を捧げるんだろうね。でも魂はもう抜け出ているから痛みや苦しみは無いんだ」

良平の攻撃はものの見事に粉砕されたが、めげずに質問し続けた。

「じゃあなにか、動植物は人間でいう消化器官みたいなもんか？」

「そうとは限らないな。あらゆる器官の役目をしているから。自律神経的なところもある。もっと言えば地球そのものでもあるな。例えば父さんは、どこが父さんなんだ？」

「どこって、全体だろ」

「そう、髪の毛も歯も爪も、体の全てが揃って父さんだよな。同じように微生物も含めた動植物も地球なんだ。魂はガイアと共有しているから動植物の意思は地球の意思でもある」

かなり大袈裟な展開になってきたと良平が思っていると、横から恵理子が割り込んできた。

「人間はその仲間じゃないの？」

「残念ながら地球に住んではいるけれど地球の一部とは言えないんだ。住まわせて貰っていると言った方がいいのかな、元々は天国が故郷なんだから。だから邪魔にならないように生きなければならないんだけどね。実状はご覧の通り」

「その私達は動物や植物を食べてもいいの？」

「もちろん、体を維持するためには必要だし、ある程度の連鎖には参加できるからそういう意味では許されている。でも嗜好品や贅沢品のように、人間の勝手な都合で動物達を殺すなんて絶対に許されない」

「ペットはどういうことになるの？」

「それも人間側だけの都合さ。動物は地球の生態系の一部だから自然の中にいなければならないし、自然と生きていくことが一番幸せなんだ。それをただ可愛いというだけで人間が閉じこめるなんて動物からすればいい迷惑だよ」

「迷惑か……。じゃあ死んだ動物の魂はどこへ行くの？」

「ガイアの魂の中に帰っていく。元々同じものだから地面の中に引っ込む感じかな」

二人のやりとりを聞いていた良平は閃いた。

「わかった！　進化というものは動物同士で相談していたんだ！　ヒメバチと芋虫はお互い同じ意識だから、芋虫がヒメバチに『私が死なないようにここだけを食べてね』って教えていたんじゃないのか」

「そういうこともあるだろうね。ガイアと動物だとわかりやすいけれど、例えば動物がよく地震を予知する行動をするというよね。あれなんかもガイアが動物に『これからちょっと動くから逃げろ』って教えているんだ」

「なるほどなあ」

良平が関心していると、どこからか小さな蛾が入ってきてパタパタと照明の下を飛んでいる。

「私、蛾って大嫌いなの。追っ払ってよ」

恵理子は両腕を抱えながら良平に頼んだ。

「殺してもいいのか?」

良平は順一郎に確認した。

「正当防衛、不可抗力以外はダメッ」

「了解!」

と良平が言うやいなや、蛾は自分からどこかへ飛び去ってしまった。

今夜の講義はこれでおしまい。

＊

翌日は親子で昼間海釣りを楽しみ、夕方は野本の家に招かれた。良平が帰ってきたということで近所の仲間が十人ほど集まって歓迎会を開いてくれたのである。恵理子と順一郎も新潟へ連れて来られた時に何度か顔を合わせているメンツだったので、遠慮することなく仲間に加わった。酒の強い連中ばかりで、殆どの時間をお互い小さかった頃の思い出話に費やしていたため、話の合わない順一郎は席を立ち、やはり下戸で中座していた赤ら顔の客と一緒に隣の茶の間でテレビを見ることにした。

「伝助さのじいちゃんがなあ……、だっからさあ」

最初、何の話をしているのか、大きなテーブルの斜向かいで盛り上がっていた良平にはわからなかった。しかし、その話の輪に他の者が段々と加わっていき全貌が見えてきた。

「あんなのボケが始まった証拠だ。相手にしねえ方がいいって」

「おらも、そう思う」

良平はただならぬ話だと察し、隣に座っている同級生の石井に詳しくその内容を聞いてみた。

その全容はこうである。屋号を伝助という村はずれにある島谷家の老人、庄吾郎の話だった。庄吾郎は七十六歳になるが極めて元気で、近隣の町で共働きをしている息子夫婦の留守を一人で守りながら、わずかな田圃をまだ現役で営んでいた。伴侶は七年前に亡くしている。

この老人は昨年の十一月に心臓発作を起こして病院に担ぎ込まれたが、蘇生処置の甲斐もなく亡くなってしまう。ところがそれから十分もすると死んだはずの庄吾郎は目を開け、なんとそのまま起きあがってしまった。連れ添った家族と死を確認した医師達は驚愕したが、本人はケロッとしていて、その後とんでもないことを口走る。

『あの世でばあちゃんに会ってきたて』と。

その他に閻魔様にも会ったと言ったらしい。もちろんそんなことは誰も信じず、居合わせた孫が友達にしゃべったことで話が広まった。その島谷老人は当然まだ生きている。

——おじいさんに会わなければ。

良平は何か因縁めいたものを感じて、衝き動かされるように思えた。帰りにこのことを順一郎に話すと、一緒に行きたいと言い出したため、翌日は山へのドライブを変更して《取材》をすることにした。

島谷家の長男、育夫は、良平より二つ年下だった。特に仲が良かったわけでもないが同じ集落に生活していたので子供の頃は交流があった。

「良平さん、ほんと久しぶりだな」

およそ三十年の時が経ち確実に容姿は変わっていたが、お互い顔を見れば間違いなく認識できた。今朝電話で訪問とその用件を伝えていたため、奥から件のおじいさんも顔を出してきた。こちらも小さい頃に見た《育夫の父ちゃん》の印象と全く変わらない姿形だった。

良平は順一郎と共に座敷に通され一通りの近況報告をした後、取材を開始した。

「おれはおじいさんの噂を聞いて、これは絶対に本当のことだなと思いましたよ。決して疑いませんから、どうか細かく教えて下さい」

庄吾郎はこの不思議な体験談をいくら人に話しても誰も本気で聞いてくれないため、最近は自分から封印していた。しかし、良平達の聞くことに対する真摯な態度に流されて、唇をひとつ舐めると語り始めた。

「あんときゃたまげたな。ぐつっと体が引っ張られっと、すーって楽になってな、変な真っ暗いとこにぐわっと波みてえに持っていかれたが」

擬音だらけだが、この方が臨場感がある。

「そしたら、辺りが急にぱぁって明るなってな、海より広いゴルフ場みてえなとこに着いたて。そこに死んだばあちゃん達がニコニコして手ふってたて」

庄吾郎の話は身振り手振りもまじえて、段々と熱っぽくなってきた。

「ばあちゃんとは話しねかったよ。後でいいやと思ったからな。そのうち、おらのまわりによその人がいっぱい飛んできたんで、一緒についてひゅーって飛んでったな。そしたら前の人達が二つに別れたんで、どっち行こうか迷ってたら目が覚めた」

かなり大雑把ではあるがとりあえず一通りの説明は終わった。既に良平は感動していた。

――とうとう実体験者の生の話が聞けた。

今までの順一郎や土田の話、あるいは書物の記述のどれよりも実感が籠もっている。順一郎もじっと老人を見据えたまま感慨に耽っている。良平が質問を始めた。

「ありがとうございました。凄いご体験ですよね。で、おじいさん、ちょっと聞きたいけど、最初心臓は苦しかったろね」

「ああ、ほんのちょっとの間ね。すぐ楽になったて」

庄吾郎は何でも無かったように答えた

「体が浮くような感じじゃなかったですか?」

「浮くというより、上から吸い上げられるみてえだったな」

「その時、ご自分の遺体は見えましたか？」

「はあ？」

意味が飲み込めていない様子の庄吾郎。

「えーと、病院のベッドに寝ているおじいさん自身の姿は、下の方に見えなかったですか？」

「いや、それは見えんかったな。でも吸い上げられるときに孫の香奈が、花瓶落として割ったのは覚えてるて。あぶねえ、と思ったもん」

「良平さん、それは事実だよ」

後ろで聞いていた育夫が証言した。

「確かに医者が臨終を告げた直後に、中学生の娘が動転して棚の上の花瓶を落としてしまったんだ。割れた花瓶はすぐに片づけたから、じいちゃんがわかるはずねえんだがな」

メモを取りながら良平は質問を続ける。

「着いた場所がゴルフ場みたいって言われましたけど、芝生があったんですか？」

「そうだな、そんな感じだったな。でも高いところから見てたから、ただの草だったのかも知れねえな。とにかくきれえな緑がびっしりで、ばぁーっと海みてえに広かったて」

「そこにおばあさんが立っていたんですか？」

「そうだな、その緑の上に」

「おばあさんはどんな格好をしてましたか？」

「どんなって、そのままださ。かっぽう着きてモンペはいて」

この村落の典型的な田舎ルックだったらしい。

「さっき、ばあちゃん達って言いましたよね。他にも誰かいたんですか？」

「そうだ。死んだおらの親や親戚もいたな。山で遭難した隣の洋次も……。全部で二十人くれえいたんじゃねえかな。そいつらがみんなしておらに手ふっててさ、おら懐かしくって泣きそうだったて」

庄吾郎は上向き加減で目を細め思い出に浸っていた。

「みんな、いい人達だったんでしょうね」

「ああ、そうだ。みーんな、会いてかった」

良平は、感傷で震える庄吾郎の口が落ち着くまで質問を待った。

――ボケや作り話でこんな実感が籠もるもんか。真実に間違いない。

良平は益々確信を強めて取材を再開した。

「その後、よその人が飛んできたって言われましたけど、その人達は知らない人だったんですか？」

「全く見たこともねえ人達だったな。十人くれえかな」

「何でその人達についていったんですか？」

「そいつらも、おらと一緒で死んだばっかりの人だとわかったから、なんとなくついて行かんと悪いような気がしてな」

良平はメモを確認しながら聞き取る。

「その人達が何で二手に別れたんですか？」

庄吾郎は少し考えてから答えた。

「どう言ったらいいんかな……、この世で悪いことをした人だけ別のとこ行ったみてえだったな。二手言うても、別の方に行った人は二人だけだったな」

「どうして悪いことをした人だってわかったんですか？」

「どうしてと言われてもなあ……。そこまで行くに、おら達はこの世の一生を思い出していたんだて。そんときにあの二人はバチが当たったから曲がったんじゃねえかな」

——地獄のことか！

と思った良平は隣に座っている順一郎の顔を見た。彼は大きく頷いていた。良平は昨日の宴会での噂を思い出して庄吾郎に聞いてみた。

「そういえば、おじいさんが閻魔大王に会ったという話も聞いたんですが」

庄吾郎は笑って答えた。

「いやいや、そら違う。今のバチが当たったというのが、閻魔様の前で裁かれるみてえな感じだったということだて。そこにはあんなおっかねえ顔した人はいねかったて」

「おじいさんは裁かれなかった?」

「だから、おらはどっちに行っていいかわからんかったから迷っていたんだ。そしたら急にぱっと目が覚めたんだな」

良平はまだいろいろ聞きたいこともあったがここで切り上げることにした。十分納得できたからである。やはり臨死体験の一定パターンに沿っている、間違いないと。

取材を終えた良平がお礼を言って立ち上がろうとした時、

「あっ!」

と庄吾郎が叫んだ。驚いた二人がそのままの状態で止まっていると、老人の口から想像もしていなかった言葉が良平に向かって飛び出した。

「あんた、そういえば常子さんのせがれだったな」

「はい」

「いたんだよ。常さんも! あっちに」

「……!」

良平は腰を抜かしたようにへなへなとまた座りこんでしまった。

「相変わらずまあるい顔して笑ってたな、昔と全然変わらねえ」

女手一つで育ててもらいながら新潟に一人残し、さして親孝行らしいこともしてやれなかった母親、常子の顔が、強い後悔の念とともに鮮明に良平の脳裏に蘇ってきた。

――母ちゃんに会いたい……。

良平は胸がしめつけられるように切なくなってきた。

「母ちゃんが元気にしているのがわかって……、安心しました。ほんとうにありがとう、おじいさん」

庄吾郎は、良平の顔を見ながら何度も何度も頷いていた。そして最後にこう言った。

「あの世ってえ所は、今までに味わったことのねえくれえに気持ちのいい所だ。知ったからには早う行きてえ気分だが、そう焦っちゃならねえ。しっかりこの世でお努めしてからでねえと、真っ当には行けねえということがわかったて。真面目に生きること、それだけら」

実体験をした者だけが語れる、なんとも深くて力強い響きがそこにはあった。良平と順一郎はこの最後の言葉をしっかりと心に刻んで立ち上がった。

車に向かう良平に育夫が土産にと自家製のイチゴを持ってきた。

「良平さん、おやじも今まで喉につかえていたものを全部吐き出したから、とても満足そうだったよ。真剣に聞いてくれてありがとね」

「育夫、あんないい話、埋めておくな。伝えていけよ」

「うん、そうするて」

二人はガッチリと握手をして別れた。

波の音が心地よく流れる静かな夜、家族は育夫からもらったイチゴを食べながら昼間の取材について話し合った。

「今日の話は凄かったたな、生の声だもんな」

良平が興奮醒めやらぬ調子で始めた。

「順一郎、おじいさんの話の中で《地獄》みたいな箇所が出てきたよな。あれはどう説明つくんだ？」

「あれは正に地獄へ行くことだな」

順一郎はいとも簡単に言い切った後、その詳細を語った。

「あのおじいさんも言ってたけど、魂は天国に到着すると一旦、自分の人生を振り返るんだよ。オギャーと産まれたときから死ぬまでの一生を、細かく全部検証していくんだ」

「どんなことでもか？」

「そう、どんな小さいことでも。例えば十年前の何時何分に道路のゴミを拾って気持ち良かったとか、その三分後に足を椅子にぶつけて痛かったとか」

「鼻をほじったりしたこともか？」

「もちろん、立ちションしたことなんかも。だから隠れて悪いことをしたことも全て暴き出されるのさ。それもそのときの感情付きで」

何を思ったか良平は迷惑そうな表情になった。

「それは神様が見てて覚えているのか?」

「神様も見てるけど、魂の人生回顧は自分の記憶なんだ。思い出せないかもしれないけど、今まで生きてきた記憶は全て細かくインプットされているんだよ。これ、前にも説明したんだけどな」

確かに聞いたような覚えはある良平だった。

「そ、そうだったな。おれ、あの頃まだ未熟だったからな……。それで、その一生を振り返るにはものすごく時間がかかるだろう」

「いや、ほんの一瞬さ。パッって。つまり肉体的な脳の制限から解放された頭は天才的に働くんだ。驚異的なスピードで回転するし、記憶も無限に入れたり出したりできる」

「うらやましいな」

「だろう。そこで一生を反省した魂は」

ちょっと待った、と良平は順一郎の言葉を止めてある提案をした。

「なんかさ、魂っていう言葉は生々しいから違う言葉にしないか。例えば庄吾郎じいさんに因んで、吾郎さんとか」

「じゃあ『吾郎君』にしよう」

順一郎も父親の気持ちを考えるとその方がいいと思った。

「それで一生を反省した吾郎君は、三途の川を渡って本当の天国へ行くのか、それとも地獄へ落ちるのか決めるんだ」

「地獄に行くのも自分で決めるのか？」

「そう、自分で自分に罰を与える。吾郎君はなかなか高潔な人格なんだ」

「地獄というのは、やっぱり恐ろしい所なのか？」

「そりゃもう……、恐ろしいし暗いしとても寂しい所だ。地下の奥深い牢屋のような、寒くて冷たい場所……。ちょっと口では言い表せないほどの孤独感にさいなまれる。気がおかしくなるくらいに。そしてそこで残酷なバツを受ける」

「おれは……、どうなんだろう」

良平は不安そうに聞いてきた。

「ははっ、父さんは絶対大丈夫。極々普通の人だから地獄なんかに行かないよ」

「そうか、ほっとしたよ。じゃあ、どんな人間が行くんだ」

順一郎はキリッと真顔になった。

「まず、せっかくこの世で肉体を授かったのにそれを放棄した人、つまり自殺者。それと他人の肉体を奪った人、殺人者だ」

鬼気迫る順一郎の鋭い言葉に、良平は戦慄をおぼえた。

「この人達はその牢獄に自ら入っていく。一人ひとり別々に……。そこでの絶対の孤独は耐えられない恐怖だ。ここまで来たらもう死んで逃げ出すわけにはいかない。ただじっくりと悔い改めるのみ」

「その人達はもうそこから出られないのか?」

「いつかは出られるけれども相当な時間がかかる。永遠に思えるくらい。それから比べれば、この世での苦悩なんてほんのちょっとの時間なんだけどな」

「でも、自殺した人は相当悩み苦しんで死を選んだんだろう。なんだか残酷だな」

良平は哀れみを感じて聞いた。

「可哀想だけどしょうがない。死んでから気付くんだ、とんでもないことをしたと。だから反省して自ら牢獄へ行くんだ」

「この世で刑を受けた殺人者でもそうなのか?」

「この世で裁かれて、心底から自分の罪を悔いて苦しんで反省した人間は地獄には行かない。絶対逃れられないのが、罪を犯して逃げ隠れしたり、上っ面だけ反省しているような者、人に命令してやらせる者もダメ。要はこの世であろうがあの世であろうが関係ない。罪を犯したらどこかでその罪を償わなければならない」

至極当たり前なことと良平は思った。

「殺された被害者はどうなる?」

「その人自身に何も問題が無ければ、普通に天国に行って幸せに生きれる。怨念なんか全然残さずにね」

「他の窃盗なんかの罪はどうなるんだ？」

「地獄かどうかは程度にもよるけど、結局この世で償わなければあの世で償うのみ。ただ、あの世の罰の方がこの世での罰よりもずっと厳しいことは確かだ。あの世では弁護士もいないし少年法なんてのも無いからな、いくら未成年でも許されないし誰も助けてはくれない」

良平は今のやり取りで一つの疑問が解けた。それは、臨死体験者が言うように天国がそんなに素晴らしい場所なら自ら死を選んで早く行ってもいいじゃないのか、という矛盾である。彼らがそうしないのはなぜだと思っていたがこれで解決した。肉体放棄は最大の罪なんだと彼らは悟ったのだ。

「ちょっと暗い話になっちゃったから、話題変えない？」

恵理子がたまらずに言い出した。

「この話はもうしない。これ以上言うことは無いよ」

「テレビでも見るか」

と言いながら良平がリモコンでスイッチを入れると『土曜サスペンスドラマ・古都ＯＬ殺人事件』をやっていた。良平は苦笑いしてチャンネルを替えた。

＊

広大な新潟平野の海沿いに、巨大な二基のピラミッドを中腹辺りで繋げたような威容の山が誇らしげにズシリと座っている。信仰の霊山、弥彦山である。標高は六百メートル程だが、周囲に高い山並みが無いため数字以上に高く荘厳に見える。前の裾野は平地から始まり、後方は日本海にせり出して断崖を形成している。よく整備された道路が山頂付近まで続いており、冬以外はその抜群な眺望を満喫すべく沢山の観光客で賑わう。

北岡一家の今日のスケジュールはこの弥彦山探索であった。恵理子は結婚前に良平から一度連れてきてもらって以来この山のファンで、若い頃は新潟へ来ると必ず登った所であった。しかしこのところ里帰りさえおぼつかない状況で、恐らく十年以上間を置いているだろう。順一郎の方は、子供の頃のうっすらとした記憶しかない。

海の家から海岸沿いに車を三十分程走らせると、山の麓の温泉街に入る。その先に県内外から多くの参拝者が訪れる越後一の宮、弥彦神社が鎮座している。万葉集に『伊夜彦のおのれ神さび青雲のたなびく日すら小雨そぼふる』とあるように、古くより信仰されている北陸の大社の一つである。

一家は駐車場で車を降りると参道に入った。そこは鬱蒼とした高い杉林に囲まれ、シンとした寒さを感じる。道の両脇には山からの清水がチョロチョロと音をたてて流れていた。林の静寂に響くカラスの鳴き声がいかにも厳かである。細かい砂利を踏みしめながらしばらく参道を進んでいくと門が待ちかまえる。そこをくぐると、背後に切り立つ弥彦山を控えて神社本殿が現れた。

三人はそこで並んで参拝をした。

――神様、お世話になります……。

良平はしみじみと合掌した。今現在の偽り無い感情である。

それを見ていた恵理子は急に切なくなり、合わせた手に額を押しつけた。

――夫を助けてやってください。まだ連れていかないで……。

ただひとえに、ただそれのみを強く願った。

その横で順一郎も手を合わす。

――父をよろしくお願いします。

父の病気が治るも治らないも、生きるも死ぬも、またその後に対しても全て神に委ねるのみ、そういう心境だった。

三者三様の祈願を終えると、参道を戻り車に乗り込んだ。次は山頂まで続く自動車道をドライブである。『弥彦山スカイライン』という命名通り、空を昇っていくような爽快な道路で、右ひだりとハンドルを切る度に段々と高度が上がっていく。中腹まで来ると、いよいよ眼下に日本海が見えてくる。平地から見るのとは全く違うスケールで、深い底を覗かせてくれるように海が三次元に広がり、その果ての水平線は煙っていてどこからが空なのか識別できない。海が天まで続いているのだ。その表面には幾筋かの白い波が横に走っている。薄茶色の砂浜がこの山の真下から遙か遠くの県境まで長い海岸線を形作っていて、これを目で追うと、思わず自分が道路の上にいることを忘れてしまう。まるで宙に浮いている感じだ。それを具現してくれるのは、道の途中の休憩エリアから海に向かって飛翔していくハンググライダーの若者達である。

一番上の駐車場に到着した三人は、そこから山頂まで徒歩で登らなければならない。結構きつい坂道で息が切れてしまう。病の良平には荷が重すぎたのか、相当苦しそうにしていたので順一郎が途中から背負った。

「運動不足だからなあ、情けない」

良平は息切れを別の理由で納得させ、気恥ずかしさを感じながらも息子の背中に身を委ねていた。

「こりゃ、トレーニングには持ってこいだ」

こう言うと、順一郎は父をおぶったまま坂の階段を駆け上がった。さすがまがりなりにも高校球児である。あっという間に山頂に到着した。母さんもどうだという息子の勧めを断ってマイペースで来た恵理子も、ほうほうの体で辿り着いた。

「うひょー、見事だな」

初めて眺める絶景に順一郎は感嘆した。前面には視界いっぱいの海、後ろを振り向くと遠く霞に煙った田園平野が大地に低く貼り付いて、その中を信濃川の太い流れが滔々と蛇行している。三人は爽やかに吹いている海風に向かって大きく背伸びをすると、ふかふかな春草の上に腰を下ろした。

「気持ちいいわねえ」

「ああ、そうだな。ここには少し長居をしよう」

良平は、幼なじみのこの山に訪れるのはこれが最後と感じていた。それだけに心ゆくまで抱かれていたかった。

「大自然よね。こんな風景のきれいな星は他にあるのかなあ」

恵理子の言った何気ない言葉に良平が反応した。

「他にあるのか？　順一郎」

「あるよ、宇宙にはいっぱいある」

いつものように即答する順一郎だった。

「やっぱりあれか、そこには変な形をした宇宙人がいるのか？」

良平はたまにテレビなどで見る、大きな目をした爬虫類のような生物を想像して言った。

「あんな化け物みたいなのはいないよ。姿形はみんな人間と同じ、ちゃんとこんな格好をしてるんだよ」

「ＵＦＯとかに乗って来てるの？」

こういった話は恵理子の方が得意である。

「地球になんか来てないよ。遠く離れ過ぎているし、第一来る必要なんか無いもん。みんなそれぞれの星で平和に暮らしているさ」

「その人達にも天国があるのか？」

「あるよ。それぞれに天国を持っているんだ」

「でも、私はこの地球が一番いいわ」

恵理子は海風に長い髪をなびかせてしみじみ言った。

「大丈夫。おれ達はまた地球に戻ってこれるから」

——地球に戻る？　何の話をしているんだ？

良平は、順一郎の言葉の意味がわからなかった。

「順、今のはどういうことだ？」

「うん、おれ達は死んでもまたこの地上に生まれ変わってくるんだよ」

唐突だが必然的に始まった講義は重要な局面に差し掛かった。

「生まれ変わりって……、仏教の輪廻転生のことか？」

内容は理解していないが、聞き覚えのある言葉を良平は選んで口にした。

「そう、人間は死ぬと天国へ戻って行く。そしてそこである一定期間過ごした後、再び地球に肉体を求めてやってくるんだ。その繰り返し」

「じゃあ、おれ達は天国とこの世を言ったり来たりと、何度も往復しているのか？」

「そう、何度もね」

「その往復はいつまで続くの？」

恵理子が興味深そうに聞いてきた。

「その人が完璧な精神を作り上げるまで。わかりやすく言うと、私利私欲が無くなるまで往復は続くんだ。おれ達はこの肉体を持っていると、欲を無くすというのは相当大変なことだからなあ」

「私欲と言っても、例えば腹が減ったから飯を食いたいというのも私欲だろう?」

良平は前にもこんな話をしたことを思い出したが、内容まで覚えていない。あの頃と今とでは自分の受け入れ態勢が全く違っていることを感じていた。順一郎もその辺は察していて、億劫がることなく丁寧に返答した。

「それは私利私欲とは言わない、肉体を維持させるためには必要だからね。逆に食べなければ死んでしまって肉体を放棄してしまうことになるから、そっちのほうが罪だ」

「じゃあ何が問題なんだ?」

「問題は、もっともっと旨い物を食べたいという意識が出てきたときなんだ。普通はそのために一生懸命に働いてお金を稼いでから旨い物を食べようと思うよね」

「そうだな、金が無ければ贅沢できないからな」

「そのお金を稼ぐために真面目にこつこつ働いていればいいけれども、そのうちお金の方が目的になってしまう。とにかくお金の事しか考えなくて、他人のことを考えられなくなる人がいるよね。人を陥れてまでして自分の儲けを手に入れたり、他人のお金を我が物顔で使ったり、そのうち犯罪まで行ってしまう。他人の迷惑顧みず自分さえよければいい、これが私利私欲だね」

良平は、息子の今の言葉に甘さを感じて拒絶の意を示した。

「でも犯罪までは行かないまでも、実際の社会というものは弱肉強食の世界だから、多かれ少なかれそういうこともあるんだぞ。そんなにきれいごとだけじゃ通らない」

「そうじゃない。きれいごとって何か偽善みたいに扱われるけど、きれいごとの方が明らかに正しいんだ。きれいごとで大儲けできればそれはそれで全く問題無い。でも大概は大儲けのために他人が見えなくなってしまうだろう。人に迷惑をかけてまで贅沢をしたいというのは絶対おかしい。そういう人間は贅沢をしたらダメ、質素に暮らすべきだ。やめた方がいいに決まっている」

まだ実社会に出ていない高校生の息子が、どこまでわかって言っているのかと疑いつつ良平はやり返した。

「小さな迷惑があっても、社会のためには大きな利益になることもあるんだ。順の意見だと一生懸命働かずに、どこかの山に籠もって仙人のような生活をしている人の方が立派ってことにならないか？」

「極論すればその通りだよ。でも一般人にはできないだろう、おれもできないし」

「だから、殆どの人間が生まれ変わりを繰り返すんじゃないの？」

二人の感情的なやりとりを聞いていた恵理子が、思わず結論を導き出した。

風が少し弱まり、今まで雲で隠れていた太陽が顔を出したため、ほのかに暖かくなってきた。

海には白い船が一艘、小さくじっと浮かんでいる。

順一郎は父をなだめるように言った。

「別に人間は仙人になるために生まれてきたわけじゃないんだ。普通に生活していれば十分なんだ。でも人を蹴落としてまでも出世して、高給や名誉や充足感がほしいという考えは利己的に過ぎないということなんだよ」

良平も落ち着いて考えてみることにした。

「おれだって、そうギラギラと欲の皮がつっぱっている方じゃないけどな」

「父さんはそうよね。むしろ足りないくらい」

恵理子が皮肉混じりに補足した。

「普通はそうなんだ。そっちの方が圧倒的に多い」

「ということはおれ達凡人の方が、立派に事業に成功して大富豪になった人より上ということか?」

また話が戻りそうになってきたため、順一郎は言い方を変えた。

「そういう人は、他人のため社会のために役立つものを努力して造り上げた結果、富豪になったというパターンだろう。私欲が全くなかったとはいえないけど、それ以上に他人のためになっている。それはやっぱり尊敬すべきだよね」

「そうだよな」

「でも夢みたいな超理想を言えば、成功した儲け分は全て社会に還元して、自分は質素な暮らしをするっていうような成功者なら完璧なんだけれど……。それは現実的には難しい。やっぱり頑張った分、人より贅沢な暮らしをしたいもんね」

「だからそういう人でも、まだ足りなくて生まれ変わらなければならないということだな。こりゃ大変だ、おれなんて永遠に繰り返さなければ」

良平は少し理解できた。

「父さんみたいなサラリーマンや他のどんな職業の人でも、働くってことは何かしら他人の役に立っているということだよね」

「まあ、そうだな」

「だから、《自分の欲》が《他人のため》を極端に超さなければ利己的な人間とは言わない。とりあえずは釣り合っていれば十分」

「家族のためっていうのも他人のためということだろう?」

「もちろんさ。そう考えるとみんな結構やってるよ」

夫と息子が修復したことで、ほっとした恵理子は次の疑問に移った。

「その生まれ変わりを繰り返すとどうなるの?」

「回数を重ねれば、段々と欲が減っていくんだよ。垢を落としていくみたいに」

「それじゃ私利私欲の強い人は、生まれてきた回数が少ないということ?」

「その通り！」

恵理子と良平は顔を見合わせた。順一郎は続ける。

「でも、回数が少ないということは悪いことじゃない。単なる順番だからね。大学生だって小学生だったこともある、遅かれ早かれいずれは同じ道を通るんだ。でもサボったり引き返したりするとその道に戻るのは大変だ。どんどん差がついてくるからね」

良平は核心に迫ったのかと思い質問した。

「親のおれが聞くのもおかしいが、結局人生というのはなんだ？」

いつかの問いに戻った。順一郎は立ち上がってジーンズの尻に付いた草を払うと、大きく深呼吸をした。そして言った。

「一言でいうと、自分自身の勉強の場。自分の魂を鍛える道場さ」

再び腰を下ろして続けた。

「そもそも人生って言い方はおかしいんだ。まだまだ天国に行っても自分自身は続くわけだし、またこの地球にも戻ってくるんだからな。終わりなんて永遠にないんだよ。今現在の自分はその大きなサイクルの中の何回目かなんだ。そこで自分が成長するため、欲を洗い流していくために肉体を持って鍛えているんだ」

「何のために鍛えるんだ？」

「それはこの世での人生と同じだよ。段々と歳を取っていくにつれて精神的に成長しなければという向上心は誰にでもあるよね。知識も知恵も付いてくるし、私欲も薄れてくる。それがそのまま大きな流れになっているんだよ。言い方を変えれば、欲を無くすことが《魂の根本的な欲》なんだ。だから人の役に立つと本能的に気持ちいいよね」

「そうすると、一回くらいはおろそかにしても問題無いんじゃない？」

恵理子が意地悪そうな目をして言った。

「それは違う。この世で一生懸命にやったことは全て自分の経験になって蓄積されていくんだ。だから一回の人生を軽く見ると大変なことになる。人間だって中学校時代が無いだけでも大変だよね。それ以上の困難がやってくる。後が続かなくて道を逸れてしまうし、また戻るには何千倍もの努力と苦痛を要する。これはとっても恐ろしいことなんだ」

「やり直しのきかない一回なのね」

もう一つだけ、と恵理子が質問を続けた。

「なぜ人はこの世に生まれて来るときに、天国の記憶が無くなっているの？」

「いい質問だね。まずメカニズムからいうと、母親が胎児を産み出す時に分泌される陣痛を促すホルモンがあるんだけど、胎児はそのホルモンを浴びると記憶が消えてしまうんだ。これは動物実験で証明されていることなんだよ」

「へえー、実験でね。全部消えてしまうの？」

「いや、殆どは消滅するんだけど、一部潜在的な部分は残るんだ」

「それじゃ何のために記憶を消すの？　記憶があった方が都合良くない？」

「それは勉強し直すため。つまり何ら予備知識を持たずにどこまでエゴを抑えてこの世を生きることができるか、というテストみたいなもんだね。天国の知識を全部持って生まれると、試験にならないし勉強する意味もない。そういう人はもうこっちに来なくていいの」

「じゃあ、私達はこうやって順から教えてもらっているじゃない。これはテストの答えを前もって知ることにならないの？　カンニングみたいに」

順一郎は相変わらず鋭い母の突っ込みに関心した。

「それは大丈夫。人から聞くっていうことも勉強だからね、現世で学んだことに他ならない。それに聞くだけじゃ全く意味がない、実践しなきゃね。現にそんなこと何も知らなくてもちゃんと実践している人はいるんだから」

「お坊さんとか神主さんとか？」

「だから職業は関係ないって」

良平はここまでのやりとりを聞いて、生まれて死んでまた生まれてという大きなサイクルがその人の人生である、ということまでは理解した。しかし本質的な疑問は残る。

「順、この世の人生の事はわかった。でもそのサイクルをくり返しているおれ達自体はなぜ存在しているんだ？」

「……わからない……」

順一郎の歯切れの良さが止まった。そして腕組みをしながら言った。

「それは、おれも前々から考えていたんだ。でも、それを考えるとキリがない。人生だけじゃなくて、なぜ宇宙があるか、なんで神様はいるのか、というおよそ見当もつかない話になってくるんだ」

「一番知りたいところだけどな」

残念そうな父を見て順一郎は申し訳なく思った。ここまで自信たっぷりに進めてきた講義だが、期待していたオチが無いのでは聴衆も納得しないだろう。

「ごめんな、父さん、偉そうなことばかり言って」

「いや、そこまでが我々の限界のような気がするな。でもまだ講義は残っているんだろう?」

「うん」

「また教えてくれや」

良平がそう言い、家族三人は若草の上に大の字に寝ころんで、澄み渡る高い大空を気持ちよさそうに観賞した。

転換

新潟での黄金週間を無事過ごした一家は、まるで臨死体験のように日常に引き戻された。

良平はいつも出社時に四階の事務所まで階段を使う。エレベーターはあるのだが健康維持のためにずっとそうしてきた。今日も故郷の土産を持って階段を登ったが、途中で息苦しくなり二階で立ち止まった。

――どうしたんだ、疲れかな。

たまらず踊り場で腰を下ろしていると、望月が階段を駆け昇ってきた。

「あっ、係長、おはようござ……、大丈夫ですか?」

彼女はぜいぜい息をしている上司を見ると、狼狽しながらも反射的にその背中を撫でた。それが効いたのか良平の呼吸はすぐに落ち着いてきたので、二人はそのまま二階からエレベーターに乗り事務所まで無事到着できた。

今日は定期検査日になっていたため、良平は事務処理を済ませると午後から早退して、恵理子の運転する車で病院へ向かった。

先にレントゲン検査、そして血液検査を終えると二人は診察室に入った。

「二十パーセントくらい病巣が大きくなっています」

村上が写真の影を指し示しながら無感情に言った。

「あの、進行しているということなんでしょうか」

恵理子の方が聞いた。

「そうですね。まだ転移は見られませんが、今日から抗ガン剤の量を少し増やしましょう」

——いよいよ、来るときが来たわ。

前回の検査時には病巣の大きさには変化が見られなかっただけに、今回の結果は恵理子に大きなショックを与えた。時計の針は止まらないとはわかっていたが、別れが確実に迫ってきていることを認めざるを得ない。これに対して当の良平は比較的平静でいられた。順一郎効果なのだろうか、ぼんやりとしていた行き先が見え始め、しっかりと決意を固めた。

——恵理子が不憫だな。

良平が心配なのは、悲しむ妻のことだけだった。

一時間程の点滴を受けると、二人はその帰りに植田の家に向かった。夕暮れ近い植田酒店はいつものように商店街の客が立ち寄り、主人が忙しそうにそれをさばいている。

「よう、こんな時間からご夫婦でなんだい」

植田は店に入ってきた二人を認めると、いつもの威勢のいい声をかけてきた。愛娘の美加を亡くしてからまだ十日も経っていないため植田の落胆を心配していた良平だったが、その様子を見て幾分ほっとした。客の相手をしていた植田は奥に入るように目で促した。二人は裏に回って家の中に入ると、まず美加のもとへ行った。

仏壇の周りには沢山の花と色とりどりの飾り付けが施されており、その中に若くてはつらつとした美加が微笑んでいた。二人はそこへ新潟の土産である笹団子と、貝殻でできた小さなペンダントを供えると焼香をして手を合わせた。

「美加ちゃん……」

恵理子は遺影を見上げて呟くと目を潤ませた。涙ならもう十分に流したはずだったが、今のは夫の行く末とダブらせてのものだった。

——うっ、まただ。

良平に事故当日の感情が再びよみがえってきた。すぐ隣に妻がいるにも拘わらず、美加に対する強烈な愛情が胸の中にほとばしる。辛くなった良平は、立ち上がって店の方へ行った。

「北岡、今夜また寄せてもらうよ」

植田は忙しそうにレジを打ちながらそう言った。良平は軽く頷くと恵理子を呼んで帰っていった。

予告通り七時過ぎに植田は缶ビールを携えてやってきた。

「すまん、おれ今日は飲めないんだ」

点滴を受けた日はアルコールを禁止されている良平は、植田の好意を泣く泣く断った。あまり体調もすぐれない。

「そうか、おまえまだ完調じゃないんだ」

植田はビールを引っ込めてくれるよう恵理子に頼んだ。気にしないで飲めと良平は勧めたが植田が固辞したため、この二人にしては珍しくお茶で時を過ごすことになった。

「元気そうじゃないか。店も忙しそうだし」

「まあな、こうでもして動いていないと気が紛れないからさ」

植田はそう答えると、求めるような目で良平に言った。

「ところで、おれこの頃、おまえの言ってたことがわかるような気がしてきたよ」

美加が死んだ日の夜に、植田は変わったと良平は認識していたため驚きはなかった。

「美加のやつ、おれに知らせに来たんだ」

事故当日のショックで覚えていないのか、植田は通夜の後に言ったのと同じことを口にしたが、良平は黙って耳を傾けた。

「あいつが家を出てから三十分くらい後のことだったよ……。突然、茶の間のガラス戸がガタガタ震えたんだよ、地震でもないのに」

植田はしっかりと良平の目を見て訴えていた。

「おれはすぐにわかったよ、美加だって。そしてすぐその後に電話が鳴って……」

後は言葉にならない。悲しみのぶり返しと友人の温かい目が植田を詰まらせた。

「美加ちゃん、間違いなく生きてるよ」

息子の受け売りだったが、良平は自信にあふれた言葉を植田に投げかけた。

「天国はあるんだな」

「ああ、おれが保証してやるよ。おまえも死ねばまた美加ちゃんに会えるんだからな」

植田は顔を上げて言った。

「おれも一時は後を追おうかとも思ったんだ。でもそんなことをすると美加が悲しむだろう」

「その通りだ、そんなことをしたら逆に会えなくなってしまうぞ」

良平はこう言った後、考えた。自分の方が先に美加と出会ってしまうのだと。そう思うとここまで隠し通してきた病気のことを植田に打ち明けなければならないという義務感が生じた。

——それにここまで心情をさらけ出している友人に対して、おれの方は嘘をついている。

良平は意を決して打ち明けることにした。

「植田、おまえには隠していて悪かったが……、おれガンなんだ」

息を飲んだまま目を見開いている植田に、良平は自分の病状と余命を正直に語っていった。肺炎だということを今まで全く信じて疑わなかった植田は、一通り話を聞き終わると寂しそうにポツリと言った。

「……北岡、おまえまで行ってしまうのか……」

「すまん」

良平には謝るしかなかった。そして続ける。

「美加ちゃんには向こうで会うから言っといてやるよ。父ちゃんは元気にやってるって」

「おまえ……」

まるで外国にでも行くように平然と話す良平を見て、植田は頼もしさを感じた。

「母さん、やっぱビール持ってきて。少しくらいならいいだろう」

傍らにいた恵理子はそれを咎めなかった。そしてビールと自分の分も含めた三つのグラスを持ってくると、みんなが一杯だけを条件にそれに注いだ。

「それじゃ、北岡良平と植田美加の門出に、カンパイ！」

威勢のいい酒屋のおやじが戻ってきた。


植田が帰った直後に、順一郎が首筋に汗を光らせてランニングから戻ってきた。すぐに冷蔵庫を開けてスポーツドリンクをゴクゴクと旨そうに飲みながら、居間に入ってきた。

「植田のおじさん元気だった？」

「おう、かなり落ち着いてきたぞ。もう大丈夫だ」

良平はこの後、植田から聞いた不思議な出来事を息子に話した。

「それは間違いなく美加がおじさんに会うために来たんだな」

順一郎は納得した顔で答えた。

「若くして行ってしまったからなあ、父親と弟を残して未練があったのかなあ」

良平のこの発言に順一郎は鋭く反論した。

「美加はそんなこと思ってないって。ただ純粋に最後の挨拶、と言うより『先に行ってます』と伝えたかっただけだ。そんな未練や悲壮感なんて無いんだよ」

これを聞いた良平に別の疑問が頭をもたげる。

「ところで、美加ちゃんみたいに若いうちに死んでしまうというのはどういうことなんだ？百歳以上生きる人もいれば、赤ん坊のうちに亡くなってしまうこともあるよな。寿命ってどうして差があるんだ？」

「それはね、いろんな原因があって良い悪いは無いんだ。一般的には赤ちゃんのように早く亡くなってしまう場合は、かなりその人は優秀だったということは言えるね。学校の飛び級みたいなものですぐに卒業してしまうような優等生。だから天国に行っても非常に幸せに暮らしているはずだ。美加なんかも案外優秀だったんだな」

「でも彼女の場合は事故だったんだぞ」

「事故でも病気でも一緒さ。亡くなることには変わりはない。もし本当に早すぎたのなら臨死体験のように戻されてしまうんだ」

良平は今ひとつ納得できないような表情で次を聞いた。

「それじゃ長生きしている老人は劣等生ということなのか？」

「違う。長生きするということは、神様からもらった自分の肉体を大切に扱ってきたということの証だから、これも優等生。体を粗末にするというのが一番悪いことなんだ。大半の人は肉体に無理をかけたり暴飲暴食なんかでどこか壊しているからな」

「じゃあ、おれは平均寿命よりかなり若いから、まあまあの優等生だな」

「暴飲が原因じゃなければね」

こんな冗談を言い合える父を見て順一郎はうれしかった。しかし、一分一秒でも長く生きていてもらいたいという願望は誰よりも強く抱き続けている。

五月二十日、いよいよ今日は良平が長年勤めてきた会社を退職する日である。ここ十日間あまりで、強い疲労感と食欲不振が急激に襲ってきている。それに伴い引継とはいえ仕事も能率が下がってきていたため、良平としては今退職することに対しての後悔や未練は一切消えていて、むしろ正しい選択だったと思った。ところが今日に限って自分の花道を飾るように体調はかなり戻っていた。

夕方、きれいに片付けられたデスクの引き出しに最後に残ったシャチハタ印を、鞄のポケットに仕舞うと、良平はすっくと立ち上がって課長席に向かった。

「本当にお世話になりました」

最後まで礼儀正しく深々と頭を下げる良平であった。

「長い間、お疲れさまでした、北岡係長」

井上はそう言うと長身の体を折り曲げて、良平と両手でガッチリと握手を交わした。そして全職員を起立させ、良平の最後の挨拶に備えさせた。良平は振り向いて大きく深呼吸をすると、事務所の全員に対してできる限りの大声で、

「みなさん、今まで本当にありがとうございました！」

と言って何度も何度も頭を下げた。温かい拍手の波がその頭上に送られている。どの職員も仕事上何らかの繋がりを持っていた。今までこれだけの人々に支えられていたことを、良平は改めて感謝した。

望月から手渡された大きな花束を抱きしめながら、最後のタイムカードをガタンと打刻すると良平は事務所を出た。あっけないほど寂しさが無い。それどころか良平は卒業式を終えた少年のように晴れがましい気分だった。

ホールでエレベーターを待っていると、梅川と土田の名コンビが追いかけてきた。

「係長、病気に負けないで頑張って下さい」

主任になりたての梅川が紅潮した顔で訴えた。

「梅川君も頑張ってくれ。君は人の意見をもっと取り入れれば、きっと優秀なリーダーになれる。後は任せたぞ」

事実、良平は自分には持ち合わせていない指揮官としての資質を、梅川に見いだしていた。そ

してその参謀役にうってつけなのが、いつも傍らにいる土田であった。良平は最後に土田に忠告した。

「土田君、テレビや国会での討論を見てるか。どんなに立派な政治家や大学教授が発言したって全部反論されてしまうだろう。これが絶対に正しいという意見なんて無いんだ。間違っている方が多いくらいだ。その中で君は優れたアイディアも知識も持っているんだ。持っているのに出さないなんて謙虚でもなんでもない、職務怠慢だ。これからは遠慮するな、自信を持って自分の意見を表に出せ！」

「はい、ありがとうございます」

土田は丁寧に頭を下げた。病気が発覚してからこれまで一番力を借りたのがこの土田だった。これはその感謝の意を込めて贈った最後の叱咤だった。

エレベーターが到着した。二人は開いた扉を左右から押さえて上司を中に導くと、それが閉まっても深く長いお辞儀を続けていた。

こうして北岡良平は長年慣れ親しんだ会社を後にした。

＊

六月の太陽は既にその威力を増して、これ以上輝けないくらいに大地を強く熱している。

この頃の良平は、その暑さと病で一段と体力が落ちていて、体重も端から見てわかるくらいに減少している。一週間前の検査でもやはり病状の進行が認められたため、薬の投与も増えていった。

恵理子は刻一刻と迫り来る夫の終末に怯え始めていた。いくら順一郎の主張する天国の話を聞いても、恵理子の場合は良平ほどの確信が持てない。それ以上に、つらそうな良平を見ていると現世の方が頭を支配している。それに対して良平は、様々な本や体験談、そして何より順一郎や土田のお陰で熟考した分、心を動かさずにいられた。そんな自分のことより残される家族に対する不憫さの方が先立っていた。いずれにせよ、良平の旅立ちはすぐそこまで近づいている。

日曜日の朝、夫婦は久しぶりに息子の高校の練習試合を観戦に行った。去年秋の地区予選以来のことである。その時はレギュラーでない順一郎は最終回に代打で登場し、三振に終わっている。今度こそ息子の勇姿をと期待して応援スタンドに陣取った。

降り注ぐ熱線の中、球児達はそれらをものともせずに走り回る。真っ白な帽子のツバに隠されている顔は、誰であるか区別できないほど真っ黒で精悍だ。筋肉をねじり回すたびにほとばしる汗、土を削る迫力、どれもが若い精力の躍動だった。肉体を持って生まれた喜びを最大限に表現しているかのような彼らの動きは、これから肉体を脱いでいく良平とは対照的で、これが宇宙の摂理なのかと納得してしまう。

試合の方は六回まで進み、順一郎の高校の方が二対八で大量リードされていた。

「代打、北岡！」

甲高い声で監督の小田が告げると、ベンチにいた順一郎がヘルメットを被って出てきた。金属バットで一回、二回と思い切り素振りをして左打席に入ると、相手投手に向かって「来い！」と大声で威嚇した。

「あなた、順よ。あなた……？」

隣にいた良平は、首を垂れて苦しそうに腹を押さえていた。恵理子が驚いて顔を覗き込むと、汗がびっしょり広がってポタポタと足下に滴っていた。

「北岡さん、どうしました」

近くにいた父兄仲間が声をかけてくれた。

「……苦しい……」

良平は声を絞り出してそう言うと、その場に倒れ込んでしまった。

それから一時間後、良平は病院のベッドにいた。

暑さによる体力の消耗で内臓が弱ったとの村上の説明だったが、恵理子は点滴をぶら下げて眠り込んでいる痩せた夫を見ていると、ガンが体を蝕んでいるとしか思えなかった。父の急変を聞いた順一郎も球場から駆けつけた。二人は病室を出て、ホールの長椅子に腰掛けた。

「父さん、これくらいの暑さで倒れるなんて……、相当弱っているのねえ」

恵理子は溜息混じりに言いながら、去年の秋に大声で応援していた良平を遠い昔のことのように思い出していた。

「いやあ、六月にしちゃ暑すぎだよ。おれだって倒れそうだったもん」

そう言って息子は母を慰める。

「なんとかして治って……。奇跡は起きないかしら」

恵理子は前屈みになり両手を組んで祈った。

「奇跡か……、父さんなら起こせそうな気がするな」

順一郎はこう言ってはみたものの奇跡など無いことを知っていた。どんなに助けを求めて祈ってても神様は何もしてくれない。この世で一生を学んでいる人間に対しては、平等に誰にも手を差しのべない。よく耳にする奇跡といわれるものは、単なる確率の結果に他ならない。一億円の宝くじに誰かが当たってもそれは奇跡とは言わない。当たった本人は奇跡だと思うかもしれないが、必ず誰かが当たるものである。

しかし神様は、天国では素晴らしい幸福を与えてくれる。そのためにも現世で神を信じ神に感謝することが大切である。

しばらくして二人が病室に戻ると、良平は目覚めていた。

「……参ったなあ、倒れちまったよ」

良平は心配そうな恵理子を見て努めて明るく振る舞った。しかしその声はかすれている。その後息子を見つけて言った。

「順、今日の試合はどうだったんだ？」

「ボロ負けだよ、おれも三振」

「また三振か、ははは」

良平は力なく笑った。

「父さんの方の具合はどうなんだ？」

そう聞かれて父は数秒間目を瞑り、考えがまとまると目を開いた。

「おれはもうとっくに覚悟ができてるよ、それに順のお陰で死ぬことへの恐怖も消えた。これも運命だと思って受け入れるしかないな」

「そんな……、諦めないでよ」

恵理子は弱気な夫の言葉を聞いて切なそうに訴えた。

「そうだよ、父さん、まだ卒業と決まったわけじゃないんだから。それに運命なんてものは考えない方がいいって」

「運命って無いのか？」

良平は、か細い声で聞いた。

「あるって言えばあるし、無いって言えば無い。人間生まれつき容姿や環境が十人十色で全部違うだろう、そういう意味ではあるって言える。カッコ良く生まれればもてる可能性も高いし、金持ちの家に生まれれば裕福に暮らせるからね」

順一郎は良平の体のことも考えて、あまり長くならないようにと気を遣いながら続けた。

「でも、それもそこまでなんだ。運命だからといっていくら金持ちでもそのまま何もしなければ、そのうちに金も尽きてしまう。貧乏でも努力して金持ちになることは可能だ。努力すれば運命なんて変えることができるんだ。もっとも、その人が努力するってことも運命って言えば運命だけれどね」

「あって無いようなものか」

「そうとしか言いようがない。一本道が二手に別れていたとすると、右に行けば右の運命、左に行けば左の運命になるだけさ。絶対に右にしか行けないなんてことはない。要は結果なんだよ。この世での一生を終えてみて初めてその人の運命がこれだったたってわかるのさ」

良平は大きく頷いて言った。

「納得納得、大納得。おれにもまだ選択肢があるということだな。よし、頑張ってみるよ」

良平としては、もう完全に自分はダメだと確信している。しかし死への恐怖は不思議なくらい湧いてこない。早く行ってみたいとまでは思わないが……。

このまま今日は泊まりになる良平と恵理子を残して順一郎は先に帰った。途中、再び公園で例の老人に出会った。

「お父さんはどうかな」

風で白髪をなびかせて少年に問うた。老人はいつも風を伴っている。

「はい……、あまり良くないです」

落ち込んで答える少年に老人は言った。

「順一郎君がそこまで気落ちするなんて珍しいな」

「いくら向こうで会えるとわかっていても、別れるのはつらいです」

老人は少年の気持ちを十分理解していた。

「別れだと思うからつらいんじゃ。先に行って待っててくれてるということじゃな。お父さんも今まで苦労して一生懸命働いてこられたんだから、もう楽園でじっくりと休ませてあげないとじゃな」

「そうだよね」

気が楽になった。いつも短い会話だが順一郎には何時間もの充実した時に感じられた。


翌日は雨だった。

病室の窓からは景色が煙って見えない。

――このまま、帰れないかもしれないなあ。

良平としては閉じこめられているような気分だった。昨日よりも苦しさは退いているものの、今度は足の関節が痛み出してきている。段々と自分の体が『早く出て行け』と催促しているように思える。

――出て行けるもんなら出ていきたいよ。でもどうすればいいんだ？

こう考えて体を揺すっている自分がおかしくなって笑った。丁度そこへ看護婦の鈴木がドアを開けて入ってきた。

「北岡さん、何かうれしいことでもあったんですか」

良平は慌てて真顔に戻る。そして鈴木から体温計を受け取りそれを脇の下に挟むと、あることを思いついた。

「鈴木さん、ちょっと変なことをお尋ねしていいですか？」

どうぞと鈴木は促した。

「あの……、鈴木さんは死後の世界ってあると思います？」

鈴木にするとさほど突拍子もない質問でもないのか、それともベテランの余裕なのか、予期していたように話し出した。

「私にはわかりません。でも長年この仕事をしていると不思議なこともあるんですよ」

面白そうな導入部に良平は引き込まれた。

「あれは二十年近く前になります。白血病で亡くなられた若い女性の方なんですが、亡くなられる直前の昏睡状態のときに、突然『ユリ子、一緒に行こ』ってはっきりと口にされたんです」

鈴木は記憶の糸を手繰り寄せて続ける。

「そのときはなんの意味かわからなかったのですが、実は彼女が亡くなる少し前に、ユリ子さんという友人が事故死していたことが後でわかったんです。もちろん彼女は意識不明で友人が亡くなったなんて知る由もありません」

どういうことだろうと思った良平は今までのパターンに照らし合わせてみた。

「その友人は同じくここの病院で亡くなったんですか？」

「いえ、お仕事先の名古屋での事故だったらしいです」

——それなら知ることはできないな。多分彼女はその友人と一緒に天国に向かったんだろう。

……でもおかしいな、まだ彼女は昏睡状態で完全に死んでいないのになぜだ？

良平は知っているどの事例にも当てはまらないため、後で順一郎に聞くことにした。と共に鈴木にも意見を求めてみた。

「鈴木さんはそれをどう思います？」

「きっとそのお友達が迎えに来られた、と思いたいですね」

鈴木の微妙な表現はこの現象を死後の生として認識しているのかどうかは定かではないが、とても慈愛に満ちたものだった。

「他にもこういった話あるんですか？」

この際、もっと聞き出そうと貪欲になる良平であった。

「そうですね……、やはり直前に『ばあちゃん』って、亡くなられたご親族の名前を呼ばれた方もいました」

「生き返った人の例は無いですか？」

矢継ぎ早に来る質問にも、鈴木は厭な顔ひとつせず丁寧に答えた
「蘇生される方はいらっしゃいますが、その方々から不思議な経験をお聞きしたことは私はありません。もっとも聞かなかっただけで、何かを見られていたかもしれませんけどね」

——そうだよな、自分から積極的に話すとは限らないからな。

良平は納得するとそれ以上の質問はやめた。

「北岡さん、大丈夫ですよ」

鈴木は最後に包み込むような笑顔でそう言った。良平が何を求めているのかを敏感に察し、それに対して救いの手を差しのべるに十分値する言葉だった。鈴木は良平から体温計を受け取り、その数値を用紙に書き込むと病室から出ていった。


良平は自宅に戻ることができた。

その夜、良平は順一郎を呼んで病院で鈴木が話してくれたことへの疑問を投げかけた。

「そういうことも十分ありえる」

いつものように切れのある順一郎のレクチャーが始まった。

「以前に、死ななくても死に近い状態のときに体外離脱をすることもあるという話をしただろう。看護婦さんが言ったのはそのパターンだな」

「でも患者はしゃべっているんだ。吾郎君が抜け出れば体は動かないんじゃないか」

「そう思うだろうけど、その肉体はまだ機能停止したわけじゃないから、意識以外はオートマチックに働き続けているんだ。それに吾郎君とはまだ光の糸で結ばれたままだから、天国での光景をその糸を通じて実況中継みたいに話すことは可能なんだ。だけど肉体が完全に停止して死んでしまった場合は、吾郎君が再び戻ってこない限りもう永遠に動くことはないんだな」

「なるほどな。それでその光の糸っていうのはいつ切れるんだ?」

納得顔の良平は、以前のような息子への対抗心は消え失せて、純粋に自分が感じた疑問だけを投げかけた。

「天国に入って自分で自分の審判を受けた結果、もう戻らなくていいと決まったらサッと糸も消えてしまうんだ」

「ふーん、よくできているんだな……。鈴木さんが言ってたけど、みんな口に出さないだけで結構体験しているかもしれないって」

「そうだろうな、言ってもみんな馬鹿にするだけだからな。中には自分で夢だと思い込んでる人だっているかもしれない。あの新潟の庄吾郎じいさんみたいに、こっちが聞く耳を持てばちゃんと話してくれるんだよね」

「それは世の中全てのことに対して言えることだな」

良平は自戒も込めて言った。

「太古の人々は日常的に純粋な気持ちで聞いていたから、もっといろいろなことを知っていたと思うよ」

「そうだよな、素直にならなくちゃな」

良平の心は、幼児のそれのように真っ白に洗われていく。

そうこうしているうちに、植田が病状を聞きつけて見舞いにやって来た。今回はさすがに酒ではなく別の物を携えている。

「これ、ガンが奇跡的に治ったという報告がある薬なんだ。中国で開発されたもので、なんでもガン細胞の活動を止めてくれるらしいぜ」

と植田は言うと、栄養ドリンクのようなビンが六本入ったパックを良平に渡した。その内の一本を取り出してみると、中には白い怪しげな粒剤がいっぱいに入っていた。

「植田、ありがとうな。早速使わせてもらうよ」

「おう、うちの上等客が教えてくれたもんだ。信用できる」

市販の薬なら、恵理子が雑誌やテレビで見つけたものを、当初は藁をもすがる思いで二、三種類使ってみた。しかし今のところはその効果が現れているとは思えない。それが一つ増えただけのことであるが、良平は友人の好意を有り難く受けとめた。

「また、野球しようような」

植田はそう言って良平を力づけると、長居はせずに帰っていった。良平は植田を家の前まで出て見送った。雨の中、傘をさして自転車で去っていく植田の後ろ姿があった。それを見ていると、自らも大きな悲しみを背負っているにも拘わらず自分を気遣ってくれる友人に、良平は手を合わせて心から感謝した。

旅立ち

遂に別れのときが来たようだ。

余命五ヶ月というにはまだひと月以上早かったが、良平にはとうとう在宅療法も無理になってきた。少し動いただけでも呼吸困難をきたし、体は食物を受け付けないため急激に痩せてきた。一人ではもう動けない。良平の肉体は完全に旅立ちの準備を始めたようだ。

――この家にも、もう戻れないな。

順一郎に背負われて寝室から出てきた良平は、居間に下ろされると苦しい胸を精一杯開いて家中の空気を吸った。そして咳き込む。再び息子に介護されて妻の運転する車に乗ると病院に向かった。

エアコンを強めるほど暑い日だったが、良平は途中の景色を直に目に焼き付けたいためウィンドウを全開にした。手で掴めるくらいの熱気が車内に入ってきたが、良平は構うことなくそれを口に含んだ。緑や土の成分を溶かして乾燥させたような味がする。

商店街の道路をゆっくり横切った。日曜日の昼前は家族連れで賑わい、どの店もまんべんなく客が足を止めている。もちろん角の植田酒店もバイトの学生が右往左往していた。どこかで催し物があったのか、ところどころに色とりどりの風船が散らばっていた。ここの空気は水の匂いがする。

車はゆっくりと走って馴染みの公園に差し掛かった。今日は人が少ない。遠くに長身の老人が立ってこちらを見ている。なぜか良平は会釈した。老人も『いってらっしゃい』という風に会釈を返す。風で公園の砂が舞っていた。

巨大なコンクリートの病院に到着した。良平は着くなり個室へ誘導されるとすぐに栄養剤の点滴を受けた。恵理子と順一郎も、朝こしらえたおにぎりをバッグから取り出して頬ばり、良平と一緒に栄養を補給した。

「旨そうだな、おれにも少しくれ」

良平が細い声で要求すると、恵理子は残りの一個をそのまま手渡した。良平はそれに歯をあてがい親指大だけかじって返した。

「どう？　味の方は」

「まあまあだな」

そう言って良平は小さく咀嚼しながら眠りに入った。

三日後、良平の体調が好転した。夕方に順一郎はいつものように父のもとを訪れた。

「順、もうすぐ夏の予選だろう。練習の方は大丈夫なのか」

良平は数日前とは比べものにならないくらい張りのある声で話しかけた。

「うん、うちは元々猛練習するところじゃないし、そのへんは効率よくやってるから」

実際は本番間近で追い込み時期だったが、今はそんなことは言っていられなかった。

「そうなのか、じゃあ久々に例の話をしよう」

良平の方も本番が迫ってきたため、最終的なまとめが必要になってきていた。

「今日ははっきり教えてくれ。順はどこでそれだけの知識を仕入れているんだ？」

今まで順一郎が濁してきた内容である。良平は触れてはいけない腫れ物のように感じていたが、今夜はなぜかどうしても聞いておきたかった。

口を曲げて言いにくそうにしていた順一郎が、思い切ってその口を開いた。

「実は……、おれも体験したんだ」

「えーっ！」

これを聞いた恵理子は戦慄し、幽霊でも見るような目を順一郎に向けた。しかし良平の方は予想通りの回答だと思った。

「隠す気はなかったんだけど、なかなか言い出せなくて……、ごめん」

「いつだ？」

父の当然の質問に、順一郎は整理しながら話した。

「おれが小学校の2年生のときに、公園の木から落ちたのを覚えてる？」

良平は記憶を辿る。

「この病院に運ばれたんだったよな」

当時、子供達は公園のけやきでよく木登りをして遊んでいた。順一郎もその中にいたが、運悪く細い枝に足をかけたためそれが折れて数メートル下に頭から落下してしまった。順一郎はすぐに病院に担ぎ込まれたが、幸い命には別状なく脳震盪と診断された。

その間、順一郎はずっと意識を失っていて体験はそのときのものだった。

「木から落下した瞬間だった。体がふわって楽になってまた木に登っていったんだ。自分としては今まで通り体を使って登ったとそのときは思っていたんだけれど、後で考えたら体外離脱で浮き上がってたんだな。でも倒れている自分の姿は見えなかった」

順一郎は喉が乾いたため、恵理子から麦茶をもらって飲み干すと再び続けた。

「その後はお決まりのコースでトンネルを通って天国についたよ。そこでは何とも表現しづらいんだけど、神様はそばにいるなっていう確信はあった。何か耳元でささやいているような、体中を包んで守ってくれているような……。そのときに世の中の全ての仕組みがわかったんだ」

「神様から聞いたのか?」

「直接話してくれたわけじゃないんだけど、思い出させてもらったという感じかな。霧が晴れるようにパァーと、『ああ、そうだったな』って」

「そうだったな?」

良平はすぐには理解できなかった。

「うん、今まで何で忘れていたんだろうと思ったよ。全部知っていたんだね、人間に生まれてくる前までは。それが肉体に入ると脳の制約を受けて記憶が限られてしまうんだ」

「それを肉体から離れるとまた思い出すのね」

落ち着いてきた恵理子の方は理解していた。

「そう。でもおれはこの肉体に再び戻ってきたんで、せっかくの知識をまた忘れてしまった」

「それだけ知っているじゃないか」

「体験してない人よりはね。それに胎児と違ってホルモンで消されない分、覚えていることも多い。でも今の何千倍何万倍ものことをその時に知ったような気がするんだ。それをどうしても思い出せない」

順一郎は全てを思い出せないことはわかっていながらも、一番大事なことを忘れているような気がして苛立った。

「まあ、いいじゃないか。全部知ってしまったら修行にならないんだろ?」

良平のこの言葉で諦めがついた順一郎は話を再開した。

「おれが強調したいのは、あの体験は夢や幻なんかじゃ絶対ないということなんだ。こうやって起きているときと全く同じ意識ではっきりとしている。夢だとどこかぼんやりしているし目覚めたときに夢だったたってわかるだろう。それがなくて意識が継続しているんだ。家の玄関から外へ出た程度のものだったよ」

強調されなくても良平は息子を信用していた。

「それに……、おれ向こうで会ったんだ」

順一郎はどこか躊躇しながら言った。

「誰と？」

言いにくそうにしていた順一郎は一気に放出した。

「おれのじいちゃんだよ」

「じいちゃんって、まだ生きてるじゃない」

恵理子は自分の父がまだ健在だったため訝しんで聞いた。しかし良平には息子の言っている意味がわかった。

「違うんだ、父さん側の……」

恵理子は夫の顔を見た。その目はしっかりと息子に向いていた。

良平は小学生の時に両親がある事情で離婚し、父とはそれ以来会っていない。風の便りで亡くなっていることは知っていた。もちろん順一郎がその祖父を知るはずもない。

「わかったんだ、じいちゃんだって。やさしく手を握ってくれたよ、ばあちゃんと一緒に」

順一郎はたった今行って来たように自分の両手を見つめて言った。

もう十分なダメ押しだった。良平と恵理子はもう迷わない。

——天国はあるんだ。

長い長い講義は幕を下ろし、良平も目を閉じた。

＊

それから三日間、昏睡を続けた肉体は良平を送り出そうと最後の荷造りを始めた。

六十兆個の細胞は主が出ていくことを予期して、出発まで必要な最低限の栄養以外受け付けない。そのため心臓も協力して血流をセーブし、呼吸器官に『徐々にペースを落として』と指示を送る。順番に働きを止めていく細胞からは光が抜け出す。

良平はもう必要のない脂肪を全て捨て去ったため、頭蓋の形状がはっきりするくらいスリムになっていた。体からは様々なチューブが周りの機器類まで延び、心許ない計測表示を刻々と知らせている。

恵理子は、もう細い息で話すことのできない良平のか細い右手を、骨を束ねるように握りしめていた。順一郎はその脇で父の表情を黙って見守っている。実は順一郎は良平とある約束を交わしていた。それは、良平が死んで体から抜け出たら何か合図をして、というものだった。父との別れはもちろん悲しいが、息子は冷静にその時を待った。

良平の呼吸は段々と間隔を広げながら遠くゆっくりになっていく。もう脈がとれないほど血圧も低下していった。

「……あなた……、お疲れさまでした」

恵理子がささやく。

「父さん、気をつけて」

順一郎が見送る。

フッ…………フー。

最後に弱く長い息を一つすると、北岡良平は出発した。


うわっ！

スポンと背中を押される感じで良平は目を覚まし、仰向けに空中へ飛び出た。

――ん？　おれは死んだのか？

明瞭な意識の中で、良平は自分の状態を模索した。

――このことか、順が言っていたのは。

すぐに自分が体外離脱していることを理解した。予備知識があった良平は、別に驚くこともなく冷静に今の状況を分析している。意識は肉体にいるときと全く変わりがない。とことん観察してやろうと目論む良平だった。静かに天井に向かって浮き上がる。というよりゆっくり上に向かって落ちていくという感覚で、確かにとても気持ちがいい。何とか下を見ようと体を反転してみた。

——あーっ！　ほんとうだ、おれがいるよ。

自分の亡骸とその周囲の人々を俯瞰できた。そのなかに茫然と立ちつくす妻と息子の姿があった。その時突然、順一郎が上を向き、良平と目が合った。

息子との約束を思い出した父は、何か合図を送ろうと壁や天井や窓ガラスを手当たり次第叩いてみた。もちろん手応えは無い。それでもなんとか気付かせようと必死になってもがく。すると順一郎は何かを感じたのか、良平の方を見上げながら『さよなら』と手を振った。

——先に行ってるぞ……。母さんを頼む、元気でいろよ。

そう息子に呼びかけた途端、良平は突如病院の建物の上に出た。そして自分の意志とは無関係に天空へ高速で飛ばされた。一瞬意識が途切れ、気がつくと視力が無くなったかのように目の前が真っ黒だった。しかし体がどこかへ向かって飛んでいるのはわかる。

——これが例のトンネルなのか？

良平はこの目をつむって走っているような状態を興味津々に観測している。それと同時に以前にも体験したことがあったような既視感（デジャ・ヴ）を持ち始めた。トンネルの中を真っ直ぐに飛んでいる時、何か違和感をおぼえた。トンネルというにはあまりにも広がりがありすぎる。上下左右を全く認識できない。進行方向があるのみだった。

目をこらすと、ようやく遠くに何かが見えてきた。薄ぼんやりと白い霧のようなものが浮かんでいる。それが何かはわからないが、自分の周りが筒状の壁ではなく、奥行きのある暗黒の空間であることは感じられた。

——おれはどこに向かっているのか。天国はどこだ？

思い出せそうで思い出せないというもどかしさを感じながら良平は自然の流れに身を任せていた。

どれくらいの時間が経っただろう。向こうに光り輝く出口が見えてきた。それは徐々に近づいてくる。

——おっ、あれがいよいよ天国への入口だな。

良平は迫っている天国を気にしながら周りを見渡してみる。ほど近い空間に何かが沢山浮いている。高速飛行中の良平でもはっきりと見えた。それらは人の形をしている魂だった。苦痛と後悔の念をにじませた顔で、良平を羨ましそうに眺めながら暗闇を漂っている……。

眩しい、急激に圧迫感がやってきた。視界全部が強烈な光である。良平は遂に巨大な口に入ろうとしている。そこは輝くマグマのような海だ。赤黒い炎と光の粒子が渦を巻いている中へ良平は自ら突進していく。しばらく目の前は凄まじい眩しさで何も見えない。火焔の嵐を体中に受けているが熱さは全く感じない。

気絶しそうな時間が過ぎると、突然雲が切れて前方が開けた。

――ここだ！　ここが天国だ！

眼下には、地球の何万倍もあろうかと思われる巨大大陸が広がっていた。大きすぎてかなり高空から眺めているにも拘わらず、地平線がどこにも見えない。ただ白い大地が横たわっているだけだ。良平は流されるままに、その上をどこまでも飛翔している。

何十時間にも感じられた時を経て、ようやく大陸の端が見えてきた。その向こうに大海原がある。地球の海より遙かにキラキラと青く澄んで、表面は波ひとつない凪の状態である。その上を風のように滑っていくと、再び陸地があった。

それは弓形にしなる日本列島そっくりだった。

――おれは、あそこに行かなければならない。

良平はここまで来てようやく自分の行き先がわかった。列島上で段々と高度を下げていき、目的とする場所に近づいてきた。

そこはタンポポのような真っ白い花が、地面が隠れるくらいにびっしりと大地を覆っていた。それらが風に吹かれると、右に左にと一斉に同じ方向になびく。良平は十メートルほど上空を飛びながら花達のマスゲームをうっとり眺めていた。

――久しぶりだなあ。帰ってきたんだな。

何十年かぶりに見る故郷は、全く姿を変えていなかった。

遠くに光る筋がある。近づくと湖のように広大な川が滔々と流れていた。川底は浅く水は透き通っていて白い砂粒まではっきりと見える。良平は高度をゆっくり落とし、川のほとりにスッと降り立った。すると頭の中に幅広のスクリーンが浮かんできた。

人生回顧の始まりである。

全て見せられる。善も悪も、苦も楽も、恥も誇りも、悲哀も歓喜も、全て隠し立てなく。

九歳の頃、良平は近所の雑貨屋でチューインガムを万引きする。誰にもばれなかったが、その後は罪悪感でいっぱいになった。中学生の時、片思いの佳子と偶然帰り道が一緒になる。心臓が破裂しそうなひと時だった。青年時代、母親を一人おいて故郷を離れる。苦しくつらい選択だった。結婚して順一郎が生まれる。喜びとともに責任も生まれた。複雑な人間関係の煩わしさ、そして愛すべき人々との別れ……。

四十三年間を、振り返るというよりもほんの一瞬のうちに再体験させられた。それも誰か大勢の人にずっと見られていたようだった。だから隠しておきたかった場面を白日の下にさらされた時は、強烈な気恥ずかしさと自己嫌悪の責め苦となった。

禊ぎが終わると、彼方から人々の群がやってきた。みんな知っている懐かしい面々だ。ぞろぞろと近づくその集団の先頭に立っているのは、何と植田美加である。

「私、先に来ちゃった」

甘えるような仕草で良平を迎えた。

「うん、おまえの父ちゃん、元気にしてたぞ」

良平は植田との約束を果たした。

そして胸が高鳴った。良平は美加の高く凛々しい鼻筋を見て、全てを思い出した。

「お帰りなさい、あなた」

目の前の美加が美加でなくなった。それは、地球への旅立ちを最後まで見送ってくれた、天国で一緒だった妻の姿である。

「無事、行って来たよ」

それだけ言うと、二人は長い時を超えて再び熱く抱擁した。

その後、良平は一人一人と旧知を確かめ再会を喜んだ。学校の恩師や隣のじいさん、花江おばさんに従兄弟の健坊……みんな会いたかった人達だ。

そして最後に一番後ろから中年の夫婦が仲良く現れた。二人とも顔に満面の笑みを浮かべて息子を迎えた。

「父ちゃん、母ちゃん……」

良平は脱兎の如く走り出して、手を広げて待っている両親の胸に飛び込んだ。そのまま親子三人は一つの光の塊となり、美しい大河を越えて至福の世界に吸い込まれていった。

青い大空には、これから帰ってくる光と再び地球へ向かう光が、飛行機雲のように白い筋を引いていく。

――順一郎、おまえの言う通り、天国は確かにあったぞ！

良平の歓喜の叫びが天空に残った。

天国の位置

一ヶ月後、恵理子と順一郎は良平との思い出の地、弥彦山の山頂に再びやってきた。

「ねえ、順、結局のところ天国ってどこにあるの？」

ポッカリと抜けていた大事な部分である。

「まだ言ってなかったよね。母さんはどこにあると思う？」

順一郎は勿体ぶった。

「天国と言うくらいだから、空より上なんだろうな……。宇宙？」

「宇宙には違いないけど、もっと具体的に」

「だったら宇宙の果て」

「もっと近く」

「じゃあ、どこかの星座……、北斗七星とか」

「もっと近いよ」

何とか母を誘導しようとする息子。

「もっと……、月？」

「月なんか昔アポロが行って確認しただろ。お花畑なんか無かったよね」

順一郎は笑って言った。

「どこだろ、花が咲いている所……。まさかお日様じゃあるまいし」

「母さん、大当たり！」

ゲッ、と恵理子は息子の顔を見た。

「ズバリ、天国とは太陽のことなんだ」

言い切る順一郎に恵理子は懐疑の目を向けた。

「でも太陽って、とてつもなく熱いんでしょう？」

「そうだね。でもそれは太陽が放射するエネルギーのことで、太陽自体は熱くなくて中は温暖なんだよ」

恵理子は目線のやや上方に浮かんでいる黄色に輝く球体を、顔をしかめながら無理して見てみた。いかにも灼熱然とした存在だった。

——いくらなんでもねえ、この太陽が？

信じられないといった様子の母を見て順一郎は続けた。

「それじゃ仮に太陽が熱いとしよう。いくら熱くても吾郎君は肉体じゃなくて光でできているから関係ないんだ」

なるほどそれなら話は続くかと恵理子は一旦納得した。

「天国は、その太陽のどこにあるの?」

「それは太陽の表面さ。表面といってもあのギラギラと燃えている部分じゃなくて、その中に地球と同じように陸や海があるんだ。そこが天国」

恵理子は目に残像が残るほど再び太陽を見て問うた。

「中ってどういうこと?」

「こんなふうに考えてみて。あの燃えてるのは地球でいうと大気圏の一番外側の部分だと。それを通り抜けていくと陸地や海が見えてくるんだ」

「周りが燃えているだけで、あとは地球と同じような構造をしているということ?」

「そうだね。で、その陸地も熱くない。とても温暖で気持ちのいい所なんだ。そこに吾郎君達が住んでいるんだ」

『太陽は熱い』という既成概念さえ取り除けばイメージは持てると恵理子は思った。

「どうやって吾郎君は太陽まで行けるの?」

「うん、吾郎君は光でできているって言ったよね。それは太陽からのエネルギーで造られているんだ。ちょうど、吾郎君と太陽が光の糸で繋がれているみたいな格好になっているから、死ぬとそのままその糸を引っ張られる。そうすると地球から太陽内の天国まで高速で着いてしまうのさ」

「はあ……。じゃあ、吾郎君は宇宙を旅するわけ」

そう恵理子は自分で言うと何か閃いた。

「わかった！　臨死体験をした人が言う暗いトンネルって、宇宙空間のことだったのね」

「鋭い、母さん、その通り」

恵理子はさらに乗ってきた。

「そして、トンネルの出口の光っていうのは太陽のことだわ！」

順一郎はこの頃の母の直感に少し驚いている。

「全くその通り。吾郎君は空を突き抜け成層圏を突破して宇宙空間に飛び出すんだ。トンネルじゃなかったんだね。あまりにも高速で飛んでいて星も見えないから、吾郎君はここが宇宙だってわからない。そして真っ暗でその先に太陽があれば、誰だってトンネルの出口みたいに見えるよね」

「なるほどなあ……」

恵理子は関心していた。

「その太陽は神様のエネルギーが一番集まっている所だから、吾郎君も神様を感じやすくなるってことさ」

「それで昔から人は太陽を信仰してるのね」

「そう、世界中の古人達は例外無く太陽を信仰している。日本だって天照大神は太陽の象徴だもんな。もちろん食物などの恵の元という概念もあるんだろうけど、もっと根本的、潜在的に人間は太陽が神聖な場所で、自分のふるさとだということを知っているんだ」

これを聞いて恵理子も天照を仰ぎ見た。

「人間だけじゃないよ。動物や植物だって太陽を恋しがる」

「でも、動物は天国には行かないんでしょう?」

「うん、前にも言ったように動植物は地球の一部だから、地球が太陽を恋しがっていると言った方が正しいんだけどね。地球も魂を持っていて、元はといえば人間と同じで天国がふるさとなんだ。だから地球が恋しがるから動物も恋しがる」

「でっかい吾郎君ね。そうすると地球も死ぬことがあるの?」

「もちろんさ、生物だからね。寿命は全然長いけど」

恵理子は足下にある一輪の花を見た。

「植物は太陽光線に向かっていくからわかるけど、動物はどう恋しがるの?」

「全部とはいえないけど、例えば虫なんかは光に集まる習性があるよね。夏なんか道路の電灯にいっぱい群がっている。あれも太陽の代わりに光を求めているんだ。人間だってそうだ。真っ暗闇よりもできるだけ明るい方向を自然と選ぶよね」

「父さんが盛り場のネオンに惹かれたようにね」

順一郎は苦笑した。

気がつくと、太陽はかなり下がって赤みを帯びはじめていた。それを見て恵理子はしみじみ言った。

「父さんも今、あそこにいるわけね」

「そう、母さんもおれも昔はあの太陽に住んでいたんだよ。全人類と地球のふるさとなんだ」

「あそこにねえ」

そうこうしている内に、一億キロメートルの彼方にある我らが故郷は、再び海に輝く道を作り始めた。二人にはそれが数ヶ月前に見た夕日とは別のもののように見えた。なにか頼もしいような切ないような、そして懐かしいような……。

終わり

参考図書

「死ぬ瞬間」と臨死体験　エリザベス・キューブラー・ロス　読売新聞社
臨死体験（上・下巻）　立花隆　文藝春秋
口語訳　遠野物語　柳田國男著　後藤総一郎監修　佐藤誠輔口語訳　河出書房新社
図解雑学　進化論　中原英臣　ナツメ社
スーパーネイチャーII　ライアル・ワトソン　日本教文社

天国《てんごく》から来《き》た人々《ひとびと》

仲村《なかむら》 高《たかし》

明窓出版

平成十三年十一月十五日初版発行

発行者——増本 利博

発行所——明窓出版株式会社

〒一六四—〇〇一二

東京都中野区本町六—二七—一三

電話 （〇三）三三八〇—八三〇三

FAX （〇三）三三八〇—六四二四

振替 〇〇一六〇—一—一九二七六六

印刷所——モリモト印刷株式会社

落丁・乱丁はお取り替えいたします。

定価はカバーに表示してあります。

ISBN4-89634-084-1

ホームページ http://meisou.com Eメール meisou@meisou.com